在中线上行走 >>>

理性、自由地
剖析时代痛点

徐汉雄◎著

中国发展出版社
CHINA DEVELOPMENT PRESS

图书在版编目（CIP）数据

在中线上行走/徐汉雄著．—北京：中国发展出版社，2017.9
ISBN 978-7-5177-0754-7

Ⅰ.①在… Ⅱ.①徐… Ⅲ.①中国文学—当代文学—作品综合集 Ⅳ.①I217.2

中国版本图书馆CIP数据核字（2017）第215384号

书　　名：在中线上行走
著作责任者：徐汉雄
出 版 发 行：中国发展出版社
（北京市西城区百万庄大街16号8层　100037）
标 准 书 号：ISBN 978-7-5177-0754-7
经　销　者：各地新华书店
印　刷　者：三河市东方印刷有限公司
开　　本：710mm×1000mm　1/16
印　　张：15.75
字　　数：258千字
版　　次：2017年9月第1版
印　　次：2017年9月第1次印刷
定　　价：38.00元
联 系 电 话：（010）68990642　68990692
购 书 热 线：（010）68990682　68990686
网 络 订 购：http：//zgfzcbs.tmall.com//
网 购 电 话：（010）68990639　88333349
本 社 网 址：http：//www.develpress.com.cn
电 子 邮 件：271799043@qq.com

序言

温和坚定地写自由而无用的评论

曹　林　中国青年报编委、著名评论家

一直以为老徐是个很温和的人，一件事改变了我对他的看法。

他一直深感没时间好好读书和写作，想辞掉职务，多点儿时间陪家人和做自己喜欢的事。我以为他只是矫情一下，毕竟，听过太多人这么说过，也只是私下说说，第二天继续乐此不疲地在领导面前好好表现，争取往更高的位置走。好不容易混到今天的位置，怎会轻易放弃。人往高处走，习惯了职务，怎会习惯当回一个小兵。即使自己能适应，可外人会怎么看这种“自暴自弃”。

老徐属于那种内向的人，沉默寡言，感觉他身上的锐气早被岁月磨光了，你说什么他都是厚道地呵呵一笑。我想，中年徐大叔，应该早失去了选择的能力，也就是更年期一种症状罢了。

没想到有一天他告诉我，终于自在了！领导同意了他的请求，部门负责人位置让给别人，当一个不用天天开会、不用上夜班、不用困于杂务的普通评论员。——看着老徐轻松的神态，我明白了，这个外表温和的人，内心是多么的坚定。他知道自己不适合当一个“领导”，不想把生命浪费在那些自己并不感兴趣的事务上。当过记者，做过多年编辑，给领导写过不少讲话稿，经历过很多后，也许他更享受评论这种文体相对自由的表达感觉。

对，这就是一个温和而坚定的人，文如其人，他的评论也是如此。表达很温和，不温不火，语态平和，娓娓道来。从他的文章中，看不到一些年轻评论员身上常有的那种义愤填膺的肆意批判和咄咄逼人的犀利，看不到一些网红评论员习惯的语不惊人死不休、歇斯底里、一惊一乍和推向极端的绝对表达，也不会刻意用一些会引发撕裂和反感的词去挑衅大众的常

识感，而是平静和耐心地讲一些常识，说一些常人都能理解的道理。读老徐的文章，可能永远不会有让你大呼过瘾的快感，不会热血沸腾，不会泪流满面，但细细品味，你能读到他文字中的坚定，坚定中的情怀。

网红的评论多是快餐，迎合着现代人的焦虑和即时信息消费需求，社交间隙碎片化的刷屏节奏下，快速浏览一下标题就会轻易被触动。那些简单粗暴的极端表达，极易俘获在快得窒息的媒介环境中失去思考力的读者，形成病毒式传播——但这种文字快消品，只是迎合了一时情绪，事实和逻辑上都经不起推敲。两天后，一个礼拜后，大半个月后，谁还记得那篇刷屏的评论？但老徐的文章能经得起时间的考验，越是静下来细细品味，越能被他文字中的情怀所触动。

很多人都觉得时评本就是快餐，依附于时事热点，热点过后，时评就没什么价值了。这是一种误解，热点虽然过去，但时评所提出的问题依然存在，评论所提供的思维方式对思考其他社会问题仍有思想营养。时评作为一种新闻文体，虽然由头依附于不断变动的新闻时事，但核心在于看待社会的方式和观点中的思想，这正是一个优秀的评论员将作品结集的价值所在。从这本集子中，你不仅能看到一个时评家通过时评所记载的历史，更能看到他看待社会的思维方式，还有他在成长中的思想积累。读一本书，就是读一个人，读这个社会，读这个国家。

我做编辑时，编过老徐的很多文章，觉得他的评论主要有以下几个特点。

其一，不端不装，文章都是大白话，没有高深的概念和学术泡沫，说人话，用外婆都能听得懂的语言讲深刻的道理。

其二，有共情的关怀，他不太喜欢在观念层面绕圈圈，而是习惯在事实层面分析，从自己的经历讲故事，从故事中引发共鸣，比如他在《深山里没那么多浪漫与闲情》中讲起了自己的童年：我自己也是山里人，从小哼着《山里的孩子心爱山》这首歌长大，母亲也是早早就贫病交加英年早逝，小时候还没觉得有多苦，因为有着上大学的梦想。来到外面的世界后，再回去看看那山上没多少树、石头多的地方，才知道那一粥一饭是多么的来之不易，也深知不管漂了多远多久，回村里得按村里的规矩办事，你无力去摆脱那些条条框框。——这种叙述很能代表老徐的评论风格，不是流行的那种抒情文艺腔，而是用情用心的个体叙述。

其三，角度独到，从他的判断中往往能读到让人眼前一亮的角度，比如《让领导下井是求同生不是共死》一文，从标题就能看到与众不同的角度。《总有一些大师在静默中生长》回应的是钱学森之问，也从一个不同的角度作出了阐释：大师在哪？大师不在霓裳羽衣的舞台上，不在钻营逢迎的仕途上，不在争抢状元的形象工程里。游走江湖的不是大师，是骗子，真正的大师一定在凡人目力所不及的地方，在离经叛道不通世情的迂腐里，克难前行，坚韧进取，静静地修炼与成长。在没有权术与功利的地方，一定会有大师在静默生长！

曾与老徐讨论过一个问题，就是他写了这么多评论有什么用？到底影响了几个人，改变了什么政策，推动了什么进步，产生了什么促动？讨论来讨论去，我们都很悲观，真别太把自己的评论当回事儿，能改变的东西太少了。但我们一直以一句名言自勉：我们坚持做一件事，并不是因为这样做了会有什么效果，而是这样做是做的——我们坚持表达，坚持写评论，并不是因为评论能改变什么，而是我们自信这样评论是对的。

即使说了没什么用，但我说了，这就够了，自由表达本身就是评论人的追求。老徐是一个很单纯的人，我想，他写评论，很大程度上也只是追求这种自由表达的单纯快乐。自由而无用的灵魂，是复旦学生骄傲的自诩，毕业于武大的老徐，也有着一样的追求。现代人一个毛病就是，过于功利，什么都追求“有用”，为什么就不能做一些看起来没用的事，读一些无用的书，交一些无用的朋友，培养一些无用的兴趣？

一个温和而坚定的人，写着自由而无用的评论，自己心安，那就够了。如果能让几个人认同，那就更好了。如果能推动和改变一些事情，那更是极好的。

自 序

2009 年，因所在报纸事业发展的需要，本人走上了评论工作岗位，开始了老树新枝的萌发。以不惑之年，面对一个新领域，却兴奋不已，写下众多习作，发表在报刊与网站上，便有了这本评论集。

此中收录，皆系个人评论生涯中的探索之作，因学识有限，无知无畏的成分也多，浅陋之处，望读者诸君一笑置之。

虽说文似看山不喜平，因个人生性温厚恬静，文字也就少了波澜起伏，没有金刚怒目，也无壮怀激烈，不过我手写我心。虽说讽世文章宜雅静，但我的温静却不敢舍劝世的宏愿。评论于我，乃工作需要与自娱自乐耳，若谈多大的抱负，纯是自欺欺人罢了，徒增笑耳。

此书以“在中线上行走”为名，不过反映本人一贯的原则，为人处世，当坚守良知的底线，以中道理性明辨是非，不偏激，不煽情，不迎合，不跟风。中线并非和稀泥，实是大家都能接受的最大公约数，也是一个社会的公理公道所在，如法律法规、公序良俗，也如社会主义核心价值观。中线即界线，为是非曲直以公道为判别的标线。不偏袒哪一方，行走在中线之间，即坚守公共价值观，不枉不纵，以公共价值、公共利益作为激浊扬清的准绳。比如，最近的青岛为暴走团让路一事，社会对此争执激烈，认为让路是纵容迁就了暴走团的占道行为，是以执法的不公来认可暴走团的违法上路。我并不这样看，因为城市建设的重物轻人、重机动车道轻非机动车道是固有的弊病，一些城市在规划道路时眼中只有汽车，根本就没有考虑行人的利益，城市公共空间缺乏是客观事实，适当的还路于民不过是弥补城市欠账的应有之举。青岛经过调研后，将几条临海的断头路一分为二，设置护栏，进行人车分流，是兼顾各方利益的务实之举。那条马路的分割线，即是弥合车辆与行人共同利益的中线。只有行走在中线之间，才能凝聚社会共识，弥合各方歧见，促进社会和谐。

行走在中线之间，实现各方利益的最大化，维护公共价值观，是大家共同之所盼。希望施政能识烟火味，希望权力能自省，希望民生多幸福，希望多些正能量，都是寄望社会各方能多些中线意识，少些本位观念，让康庄大道越走越宽，让生活在和衷共济中变得更加美好。作为个人来说，行走在中线之间，就是本着良心说话，一切以事实为依据，以常识为准绳，尽量以理服人，哪怕是最简单的道理，也总比不讲理或强词夺理要好。

感谢中国青年报、华西都市报、西安晚报、红网等众多媒体编辑，与他们素昧平生，至今未曾谋面，却为我的写作提供了诸多鼓励，使练笔之作得以刊发。如今回过头来一看，一些稿子的幼稚之处，令人哑然失笑，但并没有被嫌弃，也算是让我坚持到今天的动力。

感谢中国青年报编委、著名评论家曹林老师以及中国发展出版社的编辑们，对本书提供了大量宝贵意见与斧正工作，于个人评论生涯，也算是有了个阶段性的小结。虽然没摸到评论之道的皮毛，却是一段努力的见证。

徐汉雄

2017 年 8 月

目　录

第一辑
警惕任性的权力

权为民所用，而不是以权自肥，这已是三令五申的常识。但有权任性，仍是屡见不鲜的官场恶习，权力一张狂，怪事就频出，把权力关进“笼子”，任重道远。

第二辑

施政须识烟火味

雾霾的来源是污染，但一些地方治霾专玩鬼把戏，避实击虚，拿餐馆油烟与街边烧烤是问，民生决策岂能以这种不着调的花架子工程来糊弄！

第三辑

秩序缺失的功利社会

在功利化的社会中，利令智昏，失去理性判断的，不仅是清华这样的名校，多少啼笑皆非的事，只因有奶就是娘，没找准坟头就烧纸。

第四辑
社会情结五味杂陈

每一起新闻事件中的主角，都是某种社会情结的投影，错综复杂，一言难尽，并非某个标签就能界定，是非黑白，靠理性思维从中抽茧剥丝，切莫随人说短长。

第五辑

最怕人祸成天灾

每起灾难的发生，总能找到人类疏于防范的影子，一些地方部门，却又总爱在事故发生后找客观原因，将人祸错铸成天灾，这是比灾难更令人忧心的事。

第六辑

在巨变中坚强

曾经风光无限的出租车，在网约车面前显得没落了，正如人力车夫挡不住电车的到来，日新月异的沧桑巨变中，是不断的潮起潮落，人生有悲有喜，唯有爱是温暖我们前行的坚强力量。

第七辑

不忘初心得民心

不忘初心，方得始终，与历史同步伐、与时代共命运的人，才能赢得光明的未来。

第一辑

警惕任性的权力

权为民所用，而不是以权自肥，这已是三令五申的常识。但有权任性，仍是屡见不鲜的官场恶习，权力一张狂，怪事就频出，把权力关进“笼子”，任重道远。

背官员救灾为何要被当作好人好事

9 月 16 日下午，浙江泰顺县教育局官方微博发布消息，对该局计财科科长“在下乡指导救灾路上被在场的保险工作人员搀扶”一事作出回应，决定免去包序威的科长职务。（《温州都市报》2016 年 9 月 16 日）

因台风来袭，泰顺受灾严重，教育局计财科科长包序威，去学校了解灾情，在一处淤泥路段，被两个保险公司的工作人员架着经过，因为他当时没有穿雨鞋，他们穿了。这一幕被同行的保险公司另一个员工拍了下来，本想记录这种帮助他人跋涉泥泞的温馨感人场面，结果成了负面舆情，科长被指官僚主义，让人抬着去救灾。

这已不是第一次，有官员因这样的照片引起风波。今年 6 月，云南昭通供电局微信公号中的一张“电力公司员工背受灾群众转移”救灾宣传照，引发质疑。有网友指出，照片中“受灾群众”系彝良县交通局一干部，该照片是作秀。

早在 2014 年的 6 月 20 日，江西贵溪市白田乡兰田村，3 名小学女生在返校途中意外落水，2 人身亡。在救援现场，贵溪市政府办公室副主任为避免蹚水湿鞋，让下属背其过河。再往前的一年，浙江余姚一名救灾官员因为被村支书背着趟过积水而被免职。

虽然这些事件，官员都是他人主动来背，自己是被动坐到他人肩上，但都无一例外地受到批评。跟泰顺这位计财科长一样，下雨天勘灾不穿雨鞋，仍是休闲打扮，哪像是来救灾的。即便没被人背，不愿湿脚的斯文样，也会被认为是走过场，缺真诚，作风漂浮，不接地气。所以，有评论一针见血，“请从思想深处脱下你的鞋子”。

我想说的是，为何这样的场景？总会被记录下来？我相信拍摄者都是出于好心，想表扬一种热心助人，没有要给官员挖坑的意思。所谓拍者无心，看者有意。最后被围观的吃瓜群众看出问题所在，形成负面舆情，估计拍摄者也没想到。

为什么在他们眼中，总将背官员当作好人好事来表扬，并发出去做宣传之用？拍照无辜，拍马有毒。一些人的头脑中，始终紧绷着一根弦，即不放过任何表扬、讨好领导的机会，或体现领导的亲临一线，或是示好领导。你看，我背了你的，我帮你打伞、拎包了的，有照片为证呢。结果，照片发出来，倒成了领导工作不踏实的铁证，反将领导害了。

个别官员的形式主义要不得，这种讨好谄媚的思想，一样是陷阱啊。官员要人背要人搀扶，倒的是人格尊严，真正要扶起来的，是对官员的一个正常态度。如果没有这些抬轿讨好的思维，又怎会有官员被背救灾的场景？一个巴掌拍不响嘛，有愿背的，还被视作是在助人为乐，当然也就有愿意给人背的。

所以，这类照片出事，需要反思的是当事各方，需要被矫正思想的，也是参与其中的各方。

（《楚天都市报》2016 年 9 月 18 日）

有轨电车项目的驱动力不应是季建业

项目总投资25.42亿元的南京麒麟有轨电车，原计划2014年8月开通，到现在仍没见动静，从生的杂草已将部分轨道淹没。（澎湃新闻网2015年7月27日）

麒麟有轨电车的命运与曾任南京市长的季建业息息相关。2010年，季建业在当选南京市长后不久，便主导推进了位于东郊的麒麟地区板块的大开发，建设科技创新园，作为解决出行问题的配套工程，有轨电车便应运而生。还没等到有轨电车开通，季建业就落马了，麒麟有轨电车项目也随之停摆。

这样的例子很老套，所谓“地以人传”，一些地方公共工程的建设往往与主政者的起落有关。在长官意志下，乘兴而立，败兴而停，其兴也勃焉，其衰也忽焉。在“一任市长一张蓝图”的语境下，官员落马，工程下马，成了常见现象。之前就有报道称，季建业力推的全城雨污分流工程，在其落马后，短短几天之内相继“停工”。吕梁市原市长丁雪峰的吕梁新城项目、太原市原市委书记申维辰的龙潭片区改造工程、广州市原市委书记万庆良的南沙新区项目，也都陷入这种“人去政息”的境地。

无论前任还是现任，干事创业的驱动力应以民生为本，打基础利长远，只要有利于发展有利于群众得实惠，功成不必在我，如果一张蓝图抓到底、一届接着一届干，就不会有这种“原来姹紫嫣红开遍，似这般都付与断井颓垣”的今非昔比。人非物亦非的苍凉，是一种畸形政绩观的投射。有的项目，本身就是形象工程、拍脑袋工程，没经过科学的民主决策程序，强行上马后必然难以为继。

有的虽是民生工程，也夹带有急功近利的政绩思维与领导个人私利，好事就难以办好。比如，南京的雨污分流项目，虽是大势所趋的美事一桩，“从官方数据来看，治污效果明显，处理厂也如愿忙起来了”。但由于急于求成，在没有大面积征集民意的情况下，遍地开花满城挖，“处处都是工地、条条道路都堵车”，曾让南京市民怨声载道。有轨电车因其不会排放废气，是一种无污染的环保交通工具，载客量远远超过普通公交车，但该工程的拆迁问题多、需要审批的手续繁多，同样难以一蹴而就，缺少外部的强力推动就只能停滞不前了。

有轨电车这类项目的驱动力不应是政绩，而是科学民主的民生决策，因地制宜，量力而行，这样才不会因人废事，才能避免“李市长挖，王市长填，张市长来了不知怎么圆”的尴尬。山西右玉县18任县委书记坚持植树造林，将“不毛之地”改造成山清水秀、满目葱茏的“塞上绿洲”，“不适合人类居住的地方”成了“联合国最佳宜居生态县”，靠的就是方向对路不折腾，为民造福的驱动力源源不断，不管谁来主政，都会被这种惯性和“以民为本”的第一推动力推着往前走，这才是惠民工程的长久之道。

（《中国青年报》2015年7月28日）

中石油的事故责任人正在接受表彰

负责大连中石油国际储运公司原油罐区日常运营和检维修工作的中石油大连石化分公司，日前召开了“7·16”火灾事故抢险救援表彰大会。该公司的主要负责人及下属9个单位和197人分别被授予先进集体和先进个人称号。（《中华工商时报》2010年8月9日）

大连油管爆炸事故是一次不折不扣的人祸，在油轮已暂停卸油作业的情况下，仍继续向输油管道中注入原油脱硫剂。国家安监总局和公安部共同发布的《通报》指出，事故暴露出四大问题，包括原油接卸过程中管理混乱，有关部门接到暂停卸油作业的信息后，没有及时通知停止加剂作业，事故单位对承包商现场作业疏于管理，现场监护不力。

在这次火灾事故抢险救援中，中石油大连石化分公司的广大员工确实表现出了临危不惧的精神，他们举全公司之力，抑制了火灾险情的发展，这的确值得称赞。但是，也应该看到，事故造成的经济损失与生态损失是惊人的，一名消防队员还因此牺牲，事故单位不反省责任却乐于颁奖，让员工都不忍卒睹，以致愤而投诉。

表彰救灾中的先进者无可厚非，但这种表彰如果掩盖了责任，则有可能导致更多的灾难。2007年河南陕县煤矿透水事故，69名工人被困3天后全部获救，救援人员随后获得表彰。当时的国家安监总局局长李毅中说：“很幸运的是有两条压风管道可以利用，通信线路没有中断，这是历次救援都没有的。”遗憾的是，幸运不可能时时有，就在河南弹冠相庆后的半个月，相邻的山东新汶煤矿就重复了同样的“事件”，又一次因罕见暴雨造成洪水入井，这次却是灭顶之灾，172人无一生还。

只记得奇迹，不记得教训，这也是灾难不止的原因。我们都熟知“曲突徙薪”的故事，听不进忠告的讳疾忌医心态，只会给灾难埋下祸根。在2006年原环保总局的通报中，大连30万吨级原油码头项目港址变更项目，即被批评为“风险防范措施与风险应急预案不完善”，而这次被爆炸所引燃的储油罐所属的中石油保税油库，也被提示很多风险敏感点。悲剧终于发生，教训反思了没有？风险敏感点排除了没有？应急预案完善了没有？如果没有，经不起追问的总结又有什么意义？

诚然，每一次灾难中，总会涌现出令人感动的救灾事迹，对那些大无畏的精神与救灾的成功经验进行表彰，也确有必要。比如，王家岭中那些啃馒头喝凉水、风餐露宿的救援工人，大连爆炸事故中勇往直前的消防官兵与群众。但是，“对于在事故中应该承担责任的人大力表彰，相关责任单位的领导干部带头受奖”，显然不合适。

对负有责任的领导，就是有奖也不能颁给你！要不然，何谈公平性，严肃性；何谈惩前毖后，举一反三！又何谈避免下一次灾难！事故过后，公众更希望看到原因分析会、隐患整改会、对责任人的追究处理会，而不是什么比灾难更揪心的自我表扬会！

（《中国青年报》2010 年 8 月 10 日）

伊春空难是不是栽倒在“原则上”

24 日 21 时 36 分许，一架由哈尔滨飞往伊春的 E190 型飞机在抵达伊春机场降落时失事，已造成 42 人遇难，54 人受伤，其中 7 人为重伤。(新华网 2010 年 8 月 25 日)

又是一起悲剧，接踵而至的灾难让人在忧伤中有点透不过气来。每一起灾难总是那么的突然与惊心，然而灾难过后撩开事故的面纱，又总能发现一些猝然临之的灾祸原来事出有因，之前已有种种隐忧或预兆，只是那些不祥的因素被忽视了或尚未来得及采取措施，这就让人更加感怀。

伊春空难的具体原因尚不清楚，但从报道的情况来看，或能透出一点端倪：伊春林都机场地处山谷交汇漫滩处，因此夜航条件比较复杂。南航黑龙江分公司运行安全技术部 2009 年 8 月 27 日印发的“关于伊春/林都机场运行安全措施”文件，就明确指出，“9 月 1 日以后伊春机场原则上不飞夜航”。其他还有“昼间不在中雨、夜间不在有降水情况下着陆”“不允许顺风起降”等。(中新网 2010 年 8 月 25 日)

这次空难，飞机是在距离跑道 1.5 公里的草地上断裂的，随后发生小型爆炸，可谓降落不成功。不管事故的原因为何，此处机场“夜航有风险，飞行须谨慎”应是要引起注意的。遗憾的是，虽然有“原则上不飞夜航”的安全警示，意外偏偏发生在夜里。这正是令人痛心之处。不知道这“原则上”该如何执行，又是以一个什么样的标准为限进行弹性变通？伊春机场是去年 8 月 27 日开通，当时即有航空公司作了不飞夜航的安全提示，为何在将近一年过去，仍有飞机打破“原则”在晚间降落。究竟是在什么情况什么环节上可以白天不懂夜的危险？还是机场条件已改善了可以不必讲那个原则了。这一点有必要给公众一个解释。

也许这起空难完全与夜航因素无关，是不是与其他“原则上”应注意的事项有关也未可知，比如，维修要求，飞行要求，监管要求等。但不得不说的是，有的悲剧刚好就发生在这个“原则上”。“对企业或社会上举办的庆典、论坛，领导干部原则上不参加”“建筑物不满20岁原则上不拆”“群体事件除打砸抢原则上不动用警力”，这类原则上的“不”，基本上是句空话。也有原则上要求达到的，往往又做不到，比如，“防洪标准原则上达到某某年一遇”之类。不按原则虽可侥幸一时，终究难有好结果，贪官落马，江河决堤，建筑物短命，都与此有关。

每一起意外总是有不意外的地方，防不胜防的原因乃在于对一些意外原本就没有认认真真地防过。王家岭矿难发生前，事发处的作业工段曾多次发现巷道积水，却没有引起重视。这样的教训不胜枚举，

任何时候，对待可能会发生的灾难，我们须谨慎戒惧为好，有备则无患，而不是以不变应万变。毕竟，灾害的发生不以人的意志为转移，你设定几十年一遇的标准，刚好来了几百年或千年一遇的怎么办？以为近期无迹象表明会有大灾，偏偏天有不测风云又如何应对？与其事后哀叹没想到，再举一反三搞什么运动式检查，不如平日将安全意识的经念好。

（《中国青年报》2010年8月26日）

让领导先逃的演习比灾难还残酷

“5·12”减灾日，昆明某中学进行了地震逃生演习，奇怪的是，学生只能从两个楼梯花了10分钟下到大堂，其余6个通道全空着供领导视察用，挤得差点发生踩踏事件！“这样的演习，绝对是演习过的死亡率比没演习过的高得多。”一位学生在演习后写下日记，对此深表纳闷。（《中国青年报》2010年5月26日）

演习的目的是学会如何以最安全便捷的方式逃生，且不必说“穿过重重建筑物，不去那个本来可以轻松容纳下全校师生的球场，而是到学校正门集合”的逃跑路径有无科学性，单是人为地将有限的通道专供领导，缺乏的就不仅是危机意识，而是以学生为本的人文情怀与教育的爱心。这样的演习比现实还残酷，形式主义的把戏与媚官恶俗，击碎了学生对逃生常识的信任、对老师的信任以及对未来的理想寄托。地震没有来，学生的心理已然受损，这比掉几块砖头砸在身上还痛苦。

因为有些现实比这种演习要美好得多。除了1994年克拉玛依大火有个臭名昭著的“让领导先走”外，虽然社会上仍存在种种好处让领导优先的闹心事，但近年来的几次灾难中，我们看到更多的是对学生的关爱保护。

汶川地震中，四川安县桑枣中学创造了2300余名师生无一伤亡的奇迹。这得益于该校震前的几年一手“抓硬件”努力加固教学楼，一手“抓软件”不断组织逃生演习：每个班的疏散路线都是固定的，学校早已规划好；两个班疏散时合用一个楼梯，每班必须排成单行；楼梯拐弯处有老师值守。这都是为了防止摔倒挤压发生，以保证秩序井然。由于平时训练有素，地震来袭，2200多名学生上百名老师，全部冲到操场仅用时1分36秒。

玉树地震，14岁的土丁多杰告诉记者，地震发生时教室晃得厉害，同学吓得大哭，但老师很镇静，组织学生疏散到安全地带，“全班同学一个受伤的都没有，我们老师是最后离开教室的”。

此情此景当让昆明某中学感到羞愧。做给领导看的花架子演习不但毫无用处，还让“领导先走”的阴魂复来，将自己唯领导是从的官本位嘴脸钉在耻辱柱上。

教育是什么？泰戈尔说：“教育的目的是向人传递生命的气息。”这生命的气息当是积极健康向上的情操，而不是势利的腐臭。学校演习的领导通道，实如下水道一样阴暗，流动着无视学生生命安全与为当权者媚的污浊。

“大火中死去孩子的家庭，大部分都有了第二个孩子，但是心里都给第一个孩子留着位置。”克拉玛依的那场灾难，让全社会深刻反思着校园安全，在心里给孩子留个关爱的位置。自宋后无人名桧，山东阳谷等三地否认争西门庆故里。就是克拉玛依大火的相关当事人，也曾喊冤，竭力否认有“让领导先走”那句话。说明人行天地间，当以不仁不义之事为耻。而昆明某中学如此明火执仗设领导专用通道，真的很悲哀，其不良影响与导向，一言难尽。

（《中国青年报》2010 年 5 月 27 日）

让领导下井是求同生不是共死

国务院7日就安全生产作出多项要求，其中一条是企业领导要轮流现场带班，煤矿和非煤矿山要有矿领导带班并与工人同时下井、升井。（《广州日报》2010年7月8日）

让矿山领导与工人一道下井，是多次矿难后网友的强烈呼声与建议，初衷是将领导的人身安全与矿工捆绑在一起，结成命运共同体，以“己不愿死，勿施于人”的同心，高度重视安全生产问题，避免灾难的发生。因此，让领导下井是要从程序上求得一个与矿工在安全作业环境中同生的结果，而不是要共赴矿难“同归于尽”。领导下井的规定，书写着危险面前一视同仁的公平，彰显对矿工制度层面上的人性关怀，不应以“幸灾乐祸”的悲壮心态视之。

其实，矿难可防可控，并非那么可怕，在美国、英国和日本等国家中，采矿业甚至是最安全的行业之一。统计表明，1997～1999年间，美国各行业事故死亡人数所占比重前5位的依次为建筑业（20%）、运输业（17%）、农林渔业（13%）、制造业（12%）、卡车与仓储业（10%）；采矿业的比重仅为2%。英国则创造了数年矿工人数零死亡的奇迹，“2005年为零，2004年为零，2003年为零，2002年为零……”

安全源于严格管理与严密防范。英国就有“领导下井”的相关规定，每个作业时段井下须有一个副经理负责现场管理，否则，玩忽职守就要入狱服刑；总经理可以不下井，每天24小时须将安全作为首要职责。美国各地的联邦安全监察员，每2年必须轮换对调，不得与煤矿有任何隶属关系；未按要求培训的矿工则被视为一种危险，不得上岗。

相反，我国的一些矿井中，安监员形同虚设，领导对安全隐患麻痹大意，矿工缺乏起码的安全知识，往往促成了灾难的发生。王家岭透水事故中，这些问题都有集中的暴露：20101工作面回风巷多次发现巷道积水，但一直未能采取有效措施消除隐患；受困人员竟然90%不会用自救器。

因此，领导下井，体现的是对安全生产更加重视的姿态，目的是通过这种硬杠杆，进一步将安全观念与安全措施带到井下，不是要置领导于险境之中。

领导下井的意义也就在于，以身体力行尊重每一位矿工的生命权，以手中可以调动的资源尽最大可能保证井下安全。为让安全制度落到实处，首先是领导下井不能流于形式，而且要保证一定级别的领导下井才行，本身要有丰富的井下工作经验，以避免在安全问题上“外行领导内行”，导致误判或处置不力而铸成大错。下井的领导应是敬业的安全监理，须从小处着手、大处着眼，设身处地地为井下作业提供安全保障，而不是做做样子，甚至异化成抓任务、促进度的生产“监军”。

国家安监总局副局长赵铁锤曾表示，要在全国煤矿建立完善监测监控、人员定位、供水施救等井下安全避险六大系统。希望以领导下井为契机，将这六大系统尽早完善，从安全措施上保证领导与矿工下得去都能上得来。如此，领导下井才会不虚此行。

（《中国青年报》2010年7月9日）

预防民航系统腐败就是预防空难*

随着审计署发布三大航空公司2008年度的财务收支审计公告，揭出航线寻租黑洞，有关民航系统内的腐败问题随即浮出水面，引起社会瞩目。最新的消息是，南航又有两名管理人员被带走调查，民航空管局也有一名负责航线时刻审批的处长被调查。（《第一财经日报》2010年6月28日）

有权力可寻租的地方就有可能发生腐败，各行各业概莫能外，对腐败者而言，再清水的衙门也是虾有虾路、蟹有蟹路，无孔不入。民航系统发生腐败并不奇怪，但却比其他行业的腐败更令人揪心，这是因为民航业与食品、药品行业一样，属人命关天的领域，与我们的人身安全密切相关，不能不让人为之警惕。

众所周知，有行业监管的腐败就会有企业的出位与产品的出格，导致伪劣商品与服务的出笼甚至泛滥。比如，早前的药品行业乱象与乳品行业的三聚氰胺问题，让公众健康深受其害，追根溯源，最后都表明与监管的混乱密不可分，药监局郑筱萸腐败案揭出的药品审批黑幕更是触目惊心。以此推之，对民航系统内的腐败问题，公众就有足够的理由担心，可以说，这场民航业官场“地震”虽然不直接触及乘客，却是与空难一样令人忧心。

因为就民航业本身来说，空难的发生与管理的混乱总是呈现一定的相关性。天气等意外因素固然难以避免，管理的人祸隐患却令人痛心。2009年的也门空难，2007年的印尼空难，以及2005年的尼日利亚空难中，都有报道称空难与航空公司或民航业管理混乱有关。

国内2004年11月的包头空难发生后，有业内人士指出，航空管理跟不上需要等三个“跟不上”给事故和隐患留下了大门。《新中国民航飞行安全回顾与思考》一书分析指出：每当宏观失控、比例失调，造成飞行工作超负荷，飞行安全的形势就比较严峻。

---

* 本文原题：民航系统腐败与空难一样令人揪心。

近年来，东星航空破产案、飞行员跳槽纠纷等引出的民航业乱象也令人忧心。航空业的不公平竞争，航空公司所面临的风险，都会给从业人员产生影响，最终影响航空安全与乘客的利益。

这次航线寻租腐败，暴露出的管理体制问题同样不容忽视。航班资源分配权更加集中，不利于监管，灰色交易频出的结果是，市场营销与服务做得再好也没用，有实力的公司可能会被吃透潜规则者淘汰出局，造成劣币驱逐良币的局面。但因航线寻租，就是最终胜出的航空公司也要平白多出几百万到几千万元的“交易”成本，一些大型的民航公司每家每年用于航线交易的费用至少达数亿元。这些成本最终要通过经营来消化，为保证利润，要么挤压维修费用或人力成本，要么在其他方面补回来，实际上都会间接削减安全系数，增加飞行风险。

民航腐败的危害显而易见，对这个特殊的行业，强化管理、预防腐败显得尤其重要。由于民航领域专业性强，外部监管很难到位，如何通过体制改革，形成良好的内部监管机制，已是不容回避的问题。

（《新华每日电讯》2010 年 6 月 29 日）

民航前车之鉴　高铁后事之师

铁路运输近来频出状况，有论者称，这让面临竞争威胁的民航大大减轻了压力。其实，灾难面前，任何竞争对手都应抱着哀矜勿喜的态度并引以为戒，高铁在“贴地飞行”中与民航既是竞争关系，又应是命运共同体，二者在高速运输的安全问题上有诸多共同课题。

铁路近年的快速发展，导致“磨合期”内的各种故障也呈高发态势，是不是因此进入风险时代或事故多发期，尚难断定。不过，回首我国民航业曾经历的阵痛，对铁路系统如何加强安全保障，当不无启发。

2002 年前后相隔 22 天的“4・15”空难和“5・7”空难，2004 年 11 月 21 日的包头空难，都是惨痛记忆。包头空难发生前其实就不时响起危及安全的杂音：2004 年 11 月 11 日，国航从北京飞往大连的 CA953 航班，起落架上有一个零件掉落，砸中地面一学校建筑物；还是 11 月 11 日，有两名少年从昆明机场爬上飞机，其中一人坠机死亡。包头空难的第二天，一架航班从延吉起飞后不久即因起落架问题而返航；第三天，一架航班在执行昆明至芒市航班任务时冲至跑道外 100 米。

每当处在较大的管理体制和其他方面变革的时期，每当违反客观规律盲目蛮干时，每当宏观失控比例失调造成飞行工作超负荷时，每当安全工作要求不严飞行工作出现松散乱之时，飞行安全形势就比较严峻。

去年伊春空难发生前两个月，一位航空业资深人士向《南方周末》记者说：“业界早就在竞猜，谁的飞机会掉，什么时候掉。”因为民航高速发展带来的三大隐患没解决，人员培训、基础设施、管理水平的“三个跟不上”这一瓶颈没有突破，发展速度与安全问题构成矛盾。从这次铁路事故来看，民航业的“三个跟不上”恐怕也是铁路行业面临的一道坎儿。中国工程院院士、北京交通大学教授王梦恕向媒体介绍，目前轨道驾驶专业的人才非常紧缺，“现在他们没日没夜地开，有时候无法保证休息”。王梦恕介绍，以前铁路方面设有专门的司机公寓，司机要在规定时间内睡觉、吃饭，但随着铁路后勤系统的市场化，这些规定慢慢没那么严格了。

我们的铁轨固然优质，列车固然先进，高铁技术固然一流，但高铁安全涉及的信号、调度、环境、管理等等，无不牵一发而动全身，仅仅造出性能稳定的硬件系统还不够，仅仅跑出世界最快的速度也不够。按照国际航空事故领域遵循的“海恩法则”，一起重大的飞行安全事故背后有29个事故征兆，每个征兆背后还会有300起事故苗头。铁路运输的诸多“车外”因素也都不可小视。仅就影响京沪高铁安全的环境因素，铁道部副部长胡亚东曾指出九大隐患：部分地段存在挖砂取土、打井取水现象，损坏线路基础；部分上跨高铁的道路桥梁限速、限重等标志不齐，存在坠落高铁线路的危险……每项环境因素，与高铁技术无直接关系，却都有可能导致事故。7月25日，京沪高铁就因一处供电设施上方雨棚上的一块铁皮被风刮落，砸断动车供电线，而造成20余趟列车晚点。

不管温州动车追尾事故原因为何，它当成为铁路运输安全的长鸣警钟，而以航空业高速发展下的隐忧为镜，痛定思痛，查漏补缺，将“发展中的问题”切实加以解决才是安全之本。同样，动车追尾事故对民航业也是一个警醒。

（《中国青年报》2011年7月27日）

官员如何才能坦然面对调查

据6月22日《南方农村报》报道，6月18日下午，广东茂名市茂港区民政局副局长高某与局长梁某发生口角后，用铁锤击伤对方头部。知情者称，事发前，高某因分管的某项工作遭调查，被上级多次找去谈话，以致“睡眠不好，精神有点问题”。同一天的《广州日报》披露：佛山高明区原常务副区长梁某因涉嫌诬告陷害罪和涉嫌受贿罪，被审查起诉。据称，梁某曾指使他人在网上发帖“诽谤”区委书记的“腐败”问题，起因是区委书记委托市审计局审查梁某分管过的一项交通工作，引起梁某不满，认为是针对自己，遂寻思报复陷害。

两则“官场现形记”都与调查有关。按理说，调查或审计，都是组织用来考核干部工作的正常手段与程序，何以引起被调查对象的强烈反弹与情绪失控？并导致极端事件的发生？

可能是一些官员对接受监督还很不习惯。个别官员天马行空惯了，“我的地盘我做主”，权力一向不受约束，将党与政府托付的工作范围当私家花园，“卧榻之旁不容他人酣睡”，以致将正常的监督视为“犯境”之举，十分反感。当然，没做亏心事，不怕鬼敲门。官员对调查的抗拒也不排除是心虚所致，工作经不起检验，对调查自然有着本能的恐惧，稍有风吹草动即如大难临头，乃至“狗急跳墙”，报复他人或自杀。一些官员不查则已，一查就有问题。梁某“揭发”他人不成，反因涉嫌受贿被审查起诉，即证明了此点。

另外，官员对调查的排斥，也不能不说与“调查”的监督职能被一些不良分子异化了有关。毋庸讳言，在少数地方，正常的监督手段成了官场中打击报复、排除异己的利器，虽是个别，却影响很坏，有着杯弓蛇影的效果。郴州巨贪曾锦春在任纪委书记时，“将纪委的权力发挥到了极致”，起诉书显示，曾锦春为了给自己行贿的老板办事，顺我者昌，对异己分子则用双规手段“摆平”。不久前曝出的江西国土资源厅副厅长落马案中，媒体报道副厅长许建斌竟动用窃听器等非法手段企图让一名“不听话”的处长“就范”。在这里，“反腐”明显成了“整人”的伎俩。

要让官员坦然面对调查，根本一条要让审计检查之类的监督成为常态，让每一个官员在调查面前机会均等，避免选择性调查的“整人”之嫌，以此养成接受调查的习惯；同时，让检查有法可依，有制度可循，避免监督公器沦为打击异己的私器而令人失去信心。如果对官员的检查监督无孔不入，让官员能干干净净做人做事，又何来面对调查的“一触即跳”？

（《新华每日电讯》2010 年 6 月 23 日）

要让民众相信贪官未被轻判

最高法新闻发言人孙军工透露，目前，最高法正在研究制定审理职务犯罪案件适用缓刑和免刑的司法解释，规范职务犯罪缓免刑判决。孙军工表示，法院对于依法应当判处死刑的职务犯罪，将坚决判处死刑，绝不手软。(《新京报》2011 年 7 月 20 日)

职务犯罪案件适用缓免刑比例偏高，一直是个问题。最高检组织开展的专项检查发现，2005 年至 2009 年 6 月，全国被判决有罪的职务犯罪被告人中，判处免刑和缓刑的共占 69.7%，高达近七成。为防止官员轻判，2009 年 3 月 19 日，最高法和最高检联合发布《关于办理职务犯罪案件认定自首、立功等量刑情节若干问题的意见》，以防止滥用“自首”“立功”等放纵贪官。2010 年 11 月 18 日，最高检印发《关于加强对职务犯罪案件第一审判决法律监督的若干规定（试行)》，要求对职务犯罪案件一审实行上下两级检察院同步审查，以确保职务犯罪分子量刑适当、罚当其罪。

贪官被轻判的危害比贪渎的影响更坏，法律惩罚的目的是为了治病救人、以儆效尤，轻判的结果则是对犯罪的纵容，其负面示范效应会让更多的官员心存侥幸。一个严酷的事实是，贪官涉及的数额越来越高，直奔亿元时代，以至于百姓戏谑，贪污百万都算“清官”了。职务犯罪腐败金额的不断走高，固然与经济发展带来的高利益项目的“高回报”有关，行贿受贿的起点与门槛“水涨船高”了，这一点也毋庸讳言，就是过多的缓免刑削弱了法律高压线的威慑作用。

贪官寻求开脱的门道，主要是“伪自首”与“假立功”。比如，有的从执法人员手中购买一些犯罪分子的资料用来举报揭发；有的嫌疑人亲属找到了犯罪线索，买通看守所的监管者，把信息传递给嫌疑人用于“立功”。因为官员的社会关系多，获取信息的渠道也多，“立功”也相对较容易。而目前对贪官轻判的防止，多是从法律监督层面着手，无论是检察机关的两级审查工作机制，还是最高法拟推出的减免刑需经审判委员会讨论制度，均是从程序上针对是否适用缓免刑来“就事论事”，并不能从源头上杜绝职务犯罪分子通过便利手段造假“立功”。

近年来，还有一种现象不能不令人警惕，就是一些法院审判人员本身受“废除死刑”思潮的影响，对“少杀、慎杀”的原则认识模糊不清，标准不一，对职务犯罪的量刑手软，甚至对社会影响恶劣的刑事案件作出的判决都充满争议，这也是需要面对的问题。防止贪官轻判，除了对个案中的“自首”“立功”严加甄别外，根本的一条，是要竖起同案同判的法律标尺，涉案金额与犯罪手段相似的，若没有特别的情节，应适用同一标准，不能此人从轻了，彼人没从轻，传递出混乱的信号，损害司法公信。同时，对获轻判的“自首”“立功”等理由，在法律许可的范围内，不妨公示公开，以取信于民。

（《中国青年报》2011 年 7 月 21 日）

风水欲入正席　公权须防买醉

对风水等民间信仰项目入非遗的问题，文化部副部长王文章2日表示，不能草率地或者盲目地下结论，“应该做一些深入研究。我们对一般性地否定或者肯定都是反对的。”（《新京报》2010年6月3日）

民间有关风水申遗的话题由来已久，据称是受到韩国、日本风水申遗的“威胁”所致，以吸取端午节的教训。有学者还上升到“国家文化主权”的高度，表示“中医、风水同根同源，不相信是民族的自卑心理的表现”。风水是科学是迷信还是文化，抑或兼而有之，作为学术问题自可讨论，不妨辩证看待。

客观地说，“建筑风水文化是中国传统建筑文化的重要组成部分”，这一点无须讳言，“它所强调的和谐、循环、平衡等观点，对于今天的循环经济和可持续发展具有参考价值”，似也说得过去。不过，不管“风水”是被误读还是被人有意只取糟粕，现实中，“风水”所体现出的迷信成分也是不争的事实。尤其是一些官员乐此不疲中丑态百出，令人忧虑痛心。

几年前一份《中国县处级公务员科学素养调查报告》显示，一半以上的县处级公务员多少都有点迷信。体现在对风水的迷信上，也是怪事多多：重庆市烟草公司原副总经理冯某热衷于看风水，历时3年修建一座豪华“活墓”，上书“官爵至五品”；2000年，山西交口县被曝出县委大院为“补风水”，内有深埋达6年的“镇邪物”“升官符”；今年年初，河北高邑县被指因政府大门风水不好，在街上放报废战斗机喻义“飞黄腾达”……

官员一迷信，则用权力来烧香，浪费的是纳税人的血汗钱。风水作为民间信仰，自当理解尊重。所谓一部《红楼梦》，“经学家看见《易》，道学家看见淫”，有人从风水中看到科学，有人看到迷信，也是不可一律的事。民间要申遗，亦可乐观其成，只是风水欲入正席，须防公权趁机陪酒买醉。

根据规定，风水申遗首先要由国家正式单位提出申请，而这又要由地方先提出。比如，“端午申遗”是由湖北代表中国递交申报表，遗产名称为

"中国端午节"，由湖北秭归县的"屈原故里端午习俗"、黄石市的"西塞神舟会"及湖南汨罗市的"汨罗江畔端午习俗"、江苏苏州市的"苏州端午习俗"四部分内容组成，申报材料由三省四地联合"打包"。

那么，风水申遗谁来领军？会不会跟名人故里之争一样好戏连台，地方上为了利益纷纷上马"风水"项目？一个贫困县都以参与世博的名义斥资建造山寨中国馆，联想到近年的浙江横店拟筹资200亿元重建圆明园，南京冒出7亿元的江宁织造府等文化大手笔，风水申遗一旦开启，争风水遗迹、打造风水"政绩"的形象工程会不会一哄而上，以及假风水会不会大行其道，冒出一个什么李悟本、钱悟本来，倒是值得警惕的事。

（《中国青年报》2010年6月4日）

局长变书记，官员问责岂能儿戏

防汛抗洪期间，江西省丰城市卫生局官员被曝分批带队外出旅游。7 月 14 日，丰城市纪委书记陈学军证实，对此进行了调查处理，卫生局局长甘志华已被免职。甘志华虽于 7 月 2 日被宣布不再担任卫生局局长，却在 3 天后出任该卫生局党委书记。(《新京报》2010 年 7 月 15 日)

“从局长变成书记，当然是属于处理。”陈学军振振有词。网上却一片哗然，认为这简直是提拔，不少网民表示，“我也想受这样的处分”。网民的不理解，源于中国的官场现实，甘志华表面上丢了行政职务，却收获了“党委书记”这一重要的党内职务，实际是由二把手变成了一把手（至少是同等重要但分工不同的“一把手”)。3 天后即复出，不仅神速，甚至因祸得福，此种毫发未损、光荣体面的“处理”，何谈严肃性，又如何能服众？就更谈不上惩戒了，无异于变相鼓励。

还记得，2008 年 5 月 7 日，山东省滨州市工商局党组书记、局长邵某主持召开党组会议，研究决定组织部分副科级以下干部分批赴福建学习考察，此后发生了汶川大地震，“考察”照常进行。事后，邵某受到党内严重警告处分，并被免去党组书记、局长职务。

同样性质的事件，结果那边丢官去职，这边去职“升官”。当然，组织公款旅游是不是一定要受到免职处分，免职需不需要经过一定程序，这另当别论。防汛抗洪期间，最应坚守岗位的就是卫生部门，要随时准备救助伤病，进行消毒防疫，卫生系统的干部此时出游，说是玩忽职守也不为过。既然影响恶劣，必须启动问责机制来宣示政策纪律，匡正党风政风，维护党和政府的形象，“处理”的举措至少应带有一定惩罚性和严肃性，才能起到一定的警示和教育作用。否则，任何包庇只能导致变本加厉，这是被事实一再证明过的。

处理是为了惩前毖后，谈不上惩戒的“处理”，用于自欺尚可，拿来欺人则是轻侮民智。“局长变书记”，不过耍了一段应付网民的权力挪移的把戏。

（《中国青年报》2010 年 7 月 16 日）

领导不忌嘴，群众磨断腿

一个财力只有3000多万元的贫困县，计划斥资60多亿元建新城，结果留下一堆“烂尾楼”。内蒙古清水河县的这出“大手笔”让人目瞪口呆。（《人民日报》2010年5月5日）

早前曾有一座新城让我们惊叹过，那是鄂尔多斯的康巴什。鄂尔多斯财政收入达365.8亿元，是清水河县的一千倍。然而，康巴什新城也只耗资50多亿元，而且仍显得太超前，成了没人居住的空城。（《兰州晚报》2010年4月2日）

人均GDP直追香港的城市新贵尚且“玩不转”新城，清水河跌入造城泥沼就在所难免。该县副县长韩宇说，此事缘于上级领导来考察时，曾屡屡提及这里交通不便，不如另建新区。只因领导有吩咐，为迎合上意，清水河没有条件也要创造条件折腾一回，终究穷途末路，堪叹。

当然，也有“应群众要求”瞎折腾的。江苏阜宁为填补“标志性建筑”的空白，耗资数百万元兴建“山寨版中国馆”。该县政府新闻办副主任周康说，这是“应群众要求，弘扬世博文化精神”，又称“有上级领导说上海世博会是全国人民的世博会”，建雕塑是参与世博的表现。

一项工程既“揣摩”透了上级意图，又顺应了民心，完美如斯，还真难找。不管是按领导指示办，还是“应群众要求”，不切实际的工程都是长官意志催生的怪胎，都是形象工程、政绩思维下的臭蛋。

杜保干主政河南卢氏县时，就热衷于大搞形象工程，为让农民种香菇，一声令下，要求各乡镇一年两季砍树搞香菇袋料。结果，三年下来，毁林6400余公顷。王怀忠搞的“阜阳机场”，前后花费3.9亿元，“一直到飞机场扩建完毕，连可行性报告都没有看几页”。结果勉强营运了1年，就被迫关闭，而这一年的旅客吞吐量总共只有920人次。

俗话说，病人不忌嘴，大夫跑断腿。患有形象工程大头症的官员若不忌嘴，因个人喜好或政绩需要而信口开河乱拍板，磨断腿的就是百姓了。国家财产白白蒙受损失不说，群众还为此承担折腾成本。清河县的建设贷款利息，全县人民不吃不喝，需要4年才能还清。资金投向无底洞，民生保障只能搁浅，“旧城区改造明显滞后，道路还是坑坑洼洼的”。

两院院士、建设部原副部长周干峙曾在接受《瞭望》采访时披露，城市建设中的浪费造成的损失，占城市建设总投资至少10%，估计达几千亿元。（《南方都市报》2007年3月8日）

一些领导拍脑袋的决策浪费，触目惊心又层出不穷，亟盼有力问责。《关于实行党政领导干部问责的暂行规定》明确指出，对决策严重失误造成重大损失或恶劣影响的，要实行问责。现实是，发现问题时，领导已换了几届，找谁担责就显得无从下手了。事后究责固然重要，事前对领导拍板权的限制更加重要。让听证制、民主科学的决策机制取代某个领导的一言堂，避免领导一意孤行，这才是治理决策浪费甚至决策腐败的根本。

不知清水河的这些“烂尾楼”，是否有让某些官员登之胆寒的惩戒作用，倘若此，也算没有白烂一回。

（《中国青年报》2010年5月6日）

别无原则放大敲诈反腐的意义

湖南麻阳县县委书记胡佳武办公室被3名下属装了摄像头，监视达半年之久，终拍到一乡镇负责人“行贿”1万元等资料。3人拿着光盘让县委书记看着办时，被报警而落入法网。（《京华时报》2013年1月31日）

有人呼吁，别忙着法办偷拍者，先查查光盘有何内容，看胡佳武经不经得起检验。意外造成多名重庆官员落马的赵红霞，因“不雅视频案”被批捕，有人也是呼吁，把贪腐办了，再查幕后不迟。

反腐败是人心所向，要说社会共识，反腐绝对是其中一条。这也是每一次小偷反腐、情妇反腐、同僚内讧反腐、下属举报反腐，这些戏剧性的反腐总被人叫好的原因，乃至敲诈要挟反腐、钓鱼式反腐也引来欢呼，反正不管什么方式，能反到腐败就行。此种吊诡，一方面反映出大家对腐败分子的深恶痛绝，另一方面，也是反腐的大道不彰，群众的反腐期待得不到充分满足，只能从这些旁门左道的反腐中寻找慰藉，看一下热闹。

不管是敲诈案还是盗窃案，若暴露出反腐线索，肯定不能放过，但也要看到，反腐不能靠这些不合法的途径与手段。无论偷拍窃听者是何动机，是为了要挟官员获得经济利益，还是为了个人升迁，这种方式本身是不光彩的，非正义的。不能因为某个官员有污点、有把柄落在他人手上，就忽略了偷拍窃听的于法不容。

通过偷拍录音来要挟官员以获取好处，其本质跟向官员行贿以拉关系套近乎是一样的，行贿者通过满足官员的私欲，让官员在心情愉悦或是拿人手短中做出违规之事，从而达到个人目的；偷拍者则通过捏有官员的把柄，逼官员就范。二者都不是为了反腐，只是为了个人私利。即便因偷拍的证据拉下官员，也不具有道义上的正当性，就跟行贿者事后向相关部门举报证据一样，主观愿望并不美好。行贿与偷拍的共同点，都是为了让官员为已所用，或心甘情愿，或不甘情愿，一个是软办法，一个是硬举措，本质都是挟官员以谋私利，都是在助长腐败。反过来想，如果胡佳武底气不足，拿到光盘后心虚，满足了3名下属的不正当要求，以后任凭摆布，或给钱或给官，是不是违纪违规？

因此，不应没有原则地放大敲诈反腐的意义，盲目地给这些涉案者套上反腐光环。如果有人想从中受到启发，如麻阳县这3名偷拍者一样，只会弄巧成拙，自食其果。

对上级要不要监督？当然要。官员的办公室能不能装摄像头？也不是不可以。不过，要以光明正大的方式，比如，由纪检部门统一安装。反腐重在制度建设，让官员不敢贪不能贪。官员的腐败，一是用人，二是工程。如果用人经过民主程序，工程审批公开透明，官员一个人不能说了算，投机钻营没用，关系后门没门，权力置于阳光之下，偷拍录音将失去作用，也不会有这些纷纷扰扰。

（《中国青年报》2013年2月1日）

秘书腐败，想起一句“主公危矣”

读《三国演义》，经常看到这样的话：“如此主公危矣！”

说这话的，多半是谋士幕僚，按现在的岗位，大抵就是“秘书”一类的角色。

秘书本是普通的工作人员，因接近领导，权力的异化、角色的错位，加之能借助“区位优势”，虚张声势、巧言令色、暗度陈仓，一些秘书渐成神通广大的“二领导”，甚至是领导的权杖符号。

姑且撇开加强对秘书的制度约束不谈——再好的规定，也难免“上有政策、下有对策”。笔者想说的是，秘书如何做到古代的幕僚那样，为工作竭忠尽智，为领导分忧解难，而不是打着领导的旗号或是瞒着领导作奸犯科，甚至“拖领导下水”，这是一项很考验人的课题。

从秦裕、李真这些“秘书”的人生轨迹不难看出，“为秘”时借职务之便腐化，不仅“连累”领导，自己走上新岗位后，也会因“前科”在劫难逃。

一个合格的秘书，应是坚守原则、老老实实上传下达，起到联系群众的桥梁与纽带作用；一个优秀的秘书，应是领导的“第三只眼”，能审时度势，凭着对各种信息的掌握，先于领导窥见工作中好的趋势或不良苗头，起到“瞭望哨”的作用，并及时提出建议供领导决策参考，让工作趋利避害。

一个赤诚的秘书，还不妨对领导的行事进行规谏，对失察或迷糊之处，及时提醒，“此为取险之道也”，而不是投其所好，在迷途上推波助澜，以顺便利益均沾。

好秘书也是清醒的领导所欣赏的，曹操在赤壁之战后就叹曰：“郭奉孝在，不使孤至此！”其意就在于此，众谋臣遂有愧色。

秘书与幕僚本不一样，不是哪个的私人随从，更应恪守职责，严守分寸，让领导放心、群众满意。

（《楚天都市报》2009 年 1 月 15 日）

“不留遗憾”的许宗衡留下谁的遗憾

据中央纪委有关负责人证实，深圳市委副书记、市长许宗衡涉嫌严重违纪，目前正在接受组织调查。（新华社北京2009年6月8日电）

许宗衡一向以表态鲜明著称。在年初的政府工作报告中，许宗衡的“不飘浮、不作秀、不忽悠”被广为传播。

许宗衡表示，“三不说”集中体现的就是一个“实”字。深圳处于一个非常重要的转型阶段，容不得有半点的懈怠，没有理由去飘浮、去作秀、去忽悠，唯有一个字：“干”——认真地干、扎实地干、奋力地干，才可能赢得深圳这个城市新的未来和美好的明天。

这番话很能打动人心。他还曾对媒体表示要做“一个清廉的市长，不留败笔，不留遗憾与骂名”。在担任深圳市长期间，强力推行“强力政府”，要求官员接受审计评议，不合格者就下台。

相信许宗衡的豪言壮语并不是为了作秀，不是要有意欺世盗名，而是发自内心的表白。事实上，一些官员在上任之初也都是雄心万丈，是认真地干、扎实地干、奋力地干，要干一番事业，要留清白在人间的。

然而，许宗衡在党纪国法、在施政道德的平衡木上终究失衡了，跌落下他一手标榜打造的清廉“神坛”。“不留败笔，不留遗憾与骂名”看来是破功了。

许宗衡涉嫌严重违纪究系如何尚不得而知。讲话屡有创意的许宗衡，违纪问题却并无新意，没有脱前人窠臼。这不免令人深思，是什么让这样一名以“为社会提供最大公共化产品和为自然人提供最优质服务”的阳光政务为己任的特区市长，跌倒腐败的前车之鉴上？他一手推行的阳光政务又阳光何在？

说来说去，还是对干部的监督问题。仅靠官员的个人自律与远大抱负，是很难避免一旦放松个人修养与要求后的失足。山东省泰安市原市委书记胡建学曾说：“干部做到我这个程度就没有监督了。”新华视点刚刚披露了安徽巢湖原市委书记周光全的堕落轨迹，反腐风声紧他就收敛一些，就慌不迭地退钱，反腐风声一松，他又胆大起来，故态复萌收钱忙。“在金钱、物质、权欲的种种诱惑下，一步一步地走向深渊。”

许宗衡被双规了，是他“清廉市长”理想破局的遗憾，也是监督机制有漏洞的遗憾。他留下的还有公众再一次对漂亮话的失望，留下一道官员讲话公信力的难题亟待破解。

如果不健全监督机制，类似许宗衡这样的遗憾还会发生，官员标榜的清廉理想还会幻灭。

如何让许宗衡们真的不留败笔，不留遗憾与骂名，反腐防腐工作还要努力。

（人民网 2009 年 6 月 8 日）

让公务员收入率先倍增并非冷笑话

近日，人力资源和社会保障部劳动工资研究所所长苏海南在接受媒体专访时表示，我国收入分配方案今年内应该会出台，中国现在基本具备实施“国民收入倍增计划”的条件，工资可年均增长15%以上。苏海南在透露这一喜讯时又话锋一转，“但是要讲清楚，具体落实的时候，不是人人收入都翻一番”。那么，是哪些群体的收入能率先垂范？中国社会科学院财贸所研究员杨志勇作了注解，政府的作用在于率先增加公务员工资，并带动企业等社会阶层向政府部门看齐。

此说引来一片争议，评论员王强先生直指这是恶化社会公平、扩大贫富差距的痴人说梦。笔者第一时间也是嗤之以鼻，条件反射般以为又是“何不食糜肉”一类的专家雷语。正气得辗转反侧之际忽恍然大悟，先生所言，当是切合实情的肺腑之言，跟茅于轼先生“替富人说话，帮穷人办事”的良苦用心一脉相承啊。因为先让州官放火，百姓才可点灯，只有先让公务员加薪，才有百姓涨工资的份儿。

且看，陕西神木免费医疗实行一年后，县委书记郭宝成接受记者采访时称这一举措让政府大赚，“花了1.5个亿，把老百姓看病的问题解决了”。在谈到成功之道时，郭宝成介绍，干部的医疗保障几乎保持了原来的水平，而职工和农民的保障水平都与干部同一个水平上了。“神木医改谁吃亏了?”“公务员没吃亏，占了点小便宜，农民占了大便宜。”有些医生现在明显收入增加了。

神木医改的成功，是建立在谁都没有吃亏的现实之上的，皆大欢喜方有普天同庆啊。民政部福利和慈善事业促进司司长王振耀说得更透彻，外界总有“深层次的改革需要触动既得利益”的说法，吓退了一部分人，但从神木医改来看，并不是以削弱既得利益为抓手，而恰恰是放大既得利益，改革每深入一步，老百姓和官员得实惠一步，这是需要大家重新思考的地方。

这话真是高屋建瓴，一针见血。多年以来，看病贵、住房难、上学难等三大问题一直解决不好，包括拆迁征地引发的社会问题此起彼伏，也不见改变，症结何在？根子都在于“深层次的改革需要触动既得利益”的说法吓人呐！与虎谋皮，难度何其之大，学会与狼共舞，共存共荣才是妥协之道。所以，从神木的经验我们不难看出，要让我们的收入有所增加，唯有公务员的收入先倍增，这叫“放大既得利益”，官员得实惠一大步，百姓方可得实惠一小步。不先交足官员的，剩下的哪能归自己。

君不见，各地的经适房小区，陕西眉县也好，山西忻州也好，哪一个不是公务员先占先住，医改如此，住房如此，车改也是如此。不让公务员一个月拿大几千块的车改补贴，车改就流产给你看。个别地方招生也是只招干部子弟，招干也是公务员子女内定，此类新闻屡屡见诸报端，皆说明公务员优先的客观现实是胳膊扭不过大腿，唯有识时务者为俊杰。此次收入倍增，公务员自是当仁不让，舍我其谁。要不然，手握政策制定大权的公务员阶层不能近水楼台先得月，后果可想而知。公务员一薪不加，何以加天下？

再说了，企事业单位的工资参照公务员，这也是中国特色。让公务员先做加薪的示范，就乐观其成吧。人家吃上肉了，我们也可以吃点青菜吧。

（《中国青年报》2010 年 6 月 10 日）

官员你别怕，咱也见过钱

官员财产公开近来成了热门话题，大家普遍认为这是建设廉洁政治、预防腐败的重要一环，是约束权力的好笼子、好制度设计。

当然，表达疑虑或反对的也不乏其人。广东省人大代表、广铝集团有限公司董事长兼总裁叶鹏智就表示，官员也是人，隐私权要得到尊重；官员是公仆，不是老百姓的奴隶，其财产包括存款与房子都有渠道可查，不必公开。浙江慈溪市纪委常委杨智峰也认为，目前收入差距较大，官员财产网上彻底公示后，会引起社会反弹，带来不稳定。

财不露白是中国人的传统观念，不得不说，中国人的贫富差距以及由此产生的仇富心理，不是今天才有，谋财害命的事自古就经常发生。因此，中国人有一种怕致富怕露富的思想，这种观念，至今仍影响着国人致富的积极性。而“劫富济贫”也影响着国人对未来的信心，一些富人的移民，也不能说与此无关。

而无论隐私说，还是稳定说、国情说，都是担心官员的人身安全问题。客观而言，在当前贫富差距大、一些地方社会治安欠佳、部分人群存在仇官仇富心理的现实语境中，这种担心也不是没有道理。不必因此就断定他们是腐败分子，心里有鬼发虚，或是想为腐败分子袒护开脱。

但这种担心其实是多余的。一者，只要是个官员，公不公开，周围的群众都知道他的财产相对较多，因为干部收入稳定，且有一定的灰色收入；国企高管更是享受高薪，这都不是秘密。不是经常有“小偷反腐”么，从官员家盗得巨款的案例即是明证。小偷也知道一些官员家中钱多，好偷，被盗也不敢报案。当然，不管是偷谁的家，都与法不容，因此，反腐不能靠小偷。

二者，当今是个信息透明的时代，不管是上班族还是经商的，有多少房产，有没有钱，其实很难“隐藏”起来。事实上，一些落马的官员，其不法行为与腐败劣迹，群众早看在眼里，只有相关部门不知道。所以，贪官想大隐于市，是一厢情愿，掩耳盗铃罢了。近期的房叔、房姐之类，就是如此，纵有多个户口，依然遮不住。

要说公开会影响稳定，只能说是来路不正的财产，才会千夫所指，才会让人情绪不稳。其实，只要是合法合情合理的收入，就不怕公开，大家自会理解接受。事实上，普通人也常主动谈论在哪买房置业，在哪投资，只要是来得正的钱，就不会避讳。毕竟，如今社会发展了，国强民富了，人们又不是没见过钱，这点雅量还是有的。

（《中国青年报》2013 年 1 月 29 日）

遇见权贵，“此致，敬礼！”

贵州黄平县中小学生曾被要求在公路沿线行走时遇见车辆，要停下脚步敬礼。当地教育部门称，一是表示对驾驶员的尊重，二是防止安全事故发生。(《贵州都市报》2008 年 10 月 13 日)

媒体当时将此举当作笑谈，并认为是在培养奴性意识。现在看来，黄平县的教育部门，实乃爱生如子，深知车祸猛于虎的厉害，尤其那些有钱有势权贵人物的车辆是惹不起，躲都来不及的。遇见铁家伙的车辆敬个礼，让你不撞我，于凡胎肉体的学生们来说，真是要大恩不言谢啊。

你没看到杭州的那位爷门，驾跑车将人撞飞 20 米远，本就是一起简单的交通事故。当地警方硬是搞不定，又请全国各地的专家分析案情，搞得那么复杂。(《钱江晚报》2009 年 5 月 14 日)

这事就这么难吗？如果是一个平民百姓驾车撞了人，早就从重从快处理完了吧。

权力部门与专家是在忌惮什么？是不是要向肇事者及车辆先敬个礼，请求谅解后再办案？

湖北巴东的招商干部，对在洗衣的女服务员提出“特殊服务”要求，人家说不是干这个的，干部们竟咄咄逼人：不“服务”你在这干什么。还拿出一沓钱抽打人家的头，将人家两次按在沙发上。

按某些干部的逻辑：认识我是你的荣幸，还居然不从命，难道反了不成？没想到真碰上一个不好惹的主，给结果了性命。

现在回过头来看，向车辆敬礼，不是对驾驶员的尊重，实是弱者为自保，向强者谄媚以求苟且偷生的精神苦肉计，是对自己生命的尊重。鸡蛋碰不过石头啊，不先委曲何以能求全？

“我是交通部派来的，你敢跟我斗”，这些牛哄哄的口头禅，折射的其实是一个群体的生活经验与嚣张。敬酒先敬领导，走路让领导先行，下雨为领导撑伞，这种讨好权贵的做派充斥着生活的每一个角落。谁不遵循这个丛林法则，谁就要吃亏。于是形成恶性循环，被惯坏的权贵们，胃口越吊越高，越来越不好伺候，脾气越搞越大，老百姓要忍受的折磨越来越难受，要付出的“敬礼”代价也越来越高。所谓越烧香越惹鬼，越烧香鬼越恶；鬼越恶，又只有加码烧香。谁来解开这个越缠越紧的结？

杭州的那位爷也好，巴东的招商干部也好，飙的不是车，不是钱，是居于强势的优越感，犯了事又咋的，“怕我没钱吗？”如果整个社会的正气得不到彰显，公道得不到主持，任由权贵发飙，弱者要么以身试法，作出两败俱伤的抗争，要么隐忍为先，来个“此致，敬礼！”

遇见权贵，要不要敬个礼，大家就掂量掂量，看着办吧。

（《扬子晚报》2009 年 5 月 15 日）

掀开包厢，别看领导在干啥

海南万宁市万城镇书记林某被曝长期在茶艺馆包厢办公，群众办事经常找不到。林某对记者称，去包厢是为了谈工作。

林某绝不承认泡在包厢里是沉迷打牌。呵，包厢与打麻将的关系并不重要，撇不撇清其实都无关官员权力生态的。

干部热衷搓麻多的去了，深圳刚处理过开执法车到茶楼赌博的玩家，怒砸麻将机的戏码也演过好多回了，林某即便打牌又是多大的事呢，还有何新意可言？

所以，掀开林某的包厢，不必看他在干啥。官员拥有包厢也不奇怪，跟家外有家一样，办公室外有办公室并不鲜见。

大名鼎鼎的文强，万豪大酒店的白宫夜总会就是他的第二办公地点。

官员有包房，也不能说是太清闲。民生疾苦要认真抓起来，日理万机都来不及，恨不得向天再借五百年，只争朝夕才行。领导爱包房，非精力过剩，乃权力过剩也。

“领导事多。你再找个时间吧。”记者为联系林某颇费周折。领导难找是官场的普遍现象，神龙见首不见尾，看起来是很忙，其实是领导的权力不受约束，缺少监督，行程不透明，也没人敢过问。只要领导的权力处在真空中暗箱运行，即可天马行空，想咋的就咋的。

泰安原市委书记胡建学说，官做到我们这一级，就基本没人管了。用不着到哪一级，只要是个单位的头头，就有着无拘无束的无边法力。国家电力公司原总经理高严，长期在上海与情妇缠绵，靠电话遥控指挥工作，谁要想请示汇报，比见皇上都难，只能通过秘书才能接听他的电话，可谓将“包房办公”的神韵发挥到了极致。

“前天、昨天都在开会，今天调查去了。”此类冠冕堂皇的背后，实是公权的“天机不可漏”造成领导难见的神秘。有权力暗箱才有包厢办公。可以说，暗箱下的权力有多大，领导的包房就有多豪华，里面的节目就有多丰富。

林某只是权力包厢里的一只小小鸟，拿他说事还真有点“小题大做”之嫌，于心不忍啊。假如领导的来来去去都昭告于众，将权力都摊在阳光之下，没有了权力过剩，哪还有闲心去包房“办公”。

（《新闻晚报》2010 年 4 月 2 日）

“封网局长”的看点不在提拔在公示

江苏省滨海县教育局局长、体育局局长左某因在任内主导“封杀论坛”，而被人民网“2010年第二季度地方应对网络舆情能力排行榜”列为得分最低、政府应对严重失当的事件，可他近日却赫然入列盐城市委组织部拟提拔干部的公示名单。（《中国青年报》2010年7月20日）

“滨海网”是滨海县的一家民营网站，其中的“滨海论坛”是个人气较旺的舆情平台，该县一些老师、学生和家长也常在此发言，内容包括体罚学生、乱收费和违规补课、学校负责人以权谋私等，也有一些人身攻击。结果，滨海县教育局将校园局域网做了技术处理，对该论坛予以“封杀”，并称“滨海论坛”是少数人发泄不满的“垃圾场”。

一个压制舆论、应对舆情不力的典型被拟提拔，自然让人匪夷所思。当然，左局长被看好，自有其道理，他被公示的主要工作实绩为：“服务发展的意识比较强，工作重点突出，先后引进多个投资超5000万元项目……2009年度被市委、市政府表彰为全市目标任务绩效考核先进个人。”左局长的精力虽没放在教育上，却放在招商引资上，这可不是失职，反是顾全大局，为完成上级的目标不遗余力，满足了领导的显性政绩需要，功不可没！封网事件纵有不良影响，也是瑕不掩瑜嘛，岂能因此耽误一个优秀干部的前途。

左局长当然不是不能提拔，一个落马官员都可以复出，“绩效考核先进个人”不升迁反有失公平。更何况，对干部“要看本质、看主流，不能因为工作中有缺点和不足而影响对他们的使用”。因此，对封网局长的“拟提拔”一切均要按干部任用程序来，不能以网友情绪为转移。既然已公示了，接下来就看左局长能否过得了公示关。“滨海论坛”虽然被封杀了，对左局长本人的意见，这次可以名正言顺地向组织部门表达。公示本身就是民意调查，是为充分发扬民主。

只是在之前多如牛毛的任前公示中，从来没有看到“意见公示”，也就是一个干部公示后，到底收到多少条意见，有无问题，是以权谋私、为政不廉等主流问题，还是生活腐化、作风霸道等支流问题，从来就没有一个反馈，更少见有人过不了关。任前公示成了任前公告，形如过场，这不能不说是一个缺憾。如果有关方面在这次对左局长的公示期结束后，对收到的意见经调查核实后再来个公示，以民意事实证明左局长的“封网事件”确实不足为虑，也无其他问题，那就再好不过了。

诚希望，封网局长能经得起公示考验；更希望，对公示结果能公开透明，不要跟“滨海论坛”一样被屏蔽了。不明不白的任用，无助于取信于民，无助于树立领导威望与政府公信力！

（《中国青年报》2010 年 7 月 21 日）

舌尖上的互动胜过嚼舌根的骚动

一部《舌尖上的中国》引起大家对“吃”的关注，美食纪录片成为舆论热点，虽显传奇却不意外。民以食为天，与“吃”有关的话题总是引人关注，这不，陕西公安厅副厅长陈里通过实名认证的微博请农民工吃饭，江西一高校食堂挂牌“禁止民工在此用餐”，又引发热议。

在中国，没有什么比吃更能表达一个人对另一个人的感情，爱则有割股之心，恨则欲食其肉，友则歃血为盟。舌尖上的吃，是否蕴涵爱国主义情怀姑且不论，饱含浓烈的感情诉求应是无疑，“你吃了没有”成为千百年的问候语即是明证。

副厅长请农民工吃饭，有人说是作秀。被质疑也正常，这年头，但凡有点亲民的举动都会被认为是别有用心，只因一些官员高高在上、脱离群众，造成官员亲民是“无事不登三宝殿”的稀缺现象，在不亲民是常态、亲民成少有的语境中，亲民不讨好自是情理之中。

副厅长请农民工吃饭，这种舌尖上的互动值得一百个肯定。副厅长和8名农民工一起吃羊肉泡馍，享受西安特色美食，贴切又自然。这饭没白吃，“他们都是本分人，善良，通情达理，虽然生活奔波，依然很阳光”。这是农民工给副厅长的印象，的确，这就是底层朴实的劳动者，即便在一些官员眼中的“刁民”，其实并不刁，只是权益没有得到满足。正如央视这两天播出的“走基层”中那位最后移民的丹江口库区农妇，“国家政策咋不懂呢，政策都是好的”，她理解南水北调，也理解移民，但面对20多次做工作就是不肯搬迁，还不是树苗补偿与她理解有误差，利益诉求没解决？

相反，“禁止民工在此用餐”的学生食堂，不仅不近人情，主观上亦存在先入为主的歧视，认为农民工不讲卫生。他们哪知道，衣帽随意乱搁，恰是劳动者豪爽直快的习惯，并没有任何的不文明动因，也于人无损。如果食堂的管理者能够与副厅长陈里一样，坐下来与农民工好好吃顿饭，带着真诚的心交流，也会发现农民工可亲可敬的一面，就如那些身为大学生的农民工子女一样，心疼都来不及，哪会有这些隔膜呢。

舌尖上的互动胜过嚼舌根的骚动，网络上的各种偏激意见与骂战，当今社会上的一些纷扰，不能不说与利益攸关方缺乏坦诚交流有关，各自站在固有的立场上坚持己见，不愿去了解对方，不去修正自身的认识误区，互信因此缺乏，问题得不到解决，矛盾逐渐激化。这种例子不胜枚举，个人以为，热爱《舌尖上的中国》更要读懂舌尖上的相互尊重，“朋友来了有好酒”，吃是最亲近的一种社交方式，多些吃饭般的平等交流，就会少些嚼舌根式的非议与不理解，少些嚼舌根式的对抗。

我们也常见到，逢年过节，各级领导与群众一起吃饭、包饺子的新闻就会增多，只是这还不够，如今干部与群众红米饭南瓜汤、坐炕头话家常的鱼水情还有欠缺，其实，如果将公务员之间上下级之间拉关系套近乎的公款吃喝，用于与群众博感情，多些舌尖上的互动，许多矛盾自会找到办法化解，社会一定和谐得多。

（《中国青年报》2012 年 6 月 1 日）

第二辑

施政须识烟火味

雾霾的来源是污染，但一些地方治霾专玩鬼把戏，避实击虚，拿餐馆油烟与街边烧烤是问，民生决策岂能以这种不着调的花架子工程来糊弄！

最怕霾成了一种天气过程

2015 年 12 月 6 日，中央气象台发布雾霾双预警，预计未来 3 天南雾北霾，环保部也于当日开会紧急应对，派出 10 个工作组赴各地督查。之前，国家气象中心已于 3 日预报，12 月份我国仍有 2～3 次雾霾天气过程。

自从霾这几年频繁闯入我们的生活，由气象部门发布霾预报已成惯例。2013 年 1 月 28 日，中国气象局发布关于做好霾天气预警工作的通知，首次将 PM2.5 作为发布预警的重要指标之一。同日，中央气象台首次单独发布霾预警。之后，这便是顺理成章的常态。

根据气象专家的说法，雾与霾不同，雾由水汽组成，霾则由大量 PM2.5 等颗粒物飘浮在空气中而形成，是污染源排放和气象条件共同作用的结果。严格意义上讲，霾并非某种天气现象，而是一种污染状况的呈现。在霾预警级别的划分中，将反映空气质量的 PM2.5 浓度与大气能见度、相对湿度等气象要素并列为重要指标，即是这个道理，使霾预警不仅仅反映大气视程条件变化，更体现了空气污染或大气成分的状态。

既然霾更多的是一种污染现象而非传统的天气现象，由谁来发布霾预警比较合适呢，其实应是环保部门。这样的好处是，能更好认识霾的危害，分清防范处置的责任主体。霾本是一种空气污染灾害，且是人为灾害，就跟火灾、矿难、交通事故之类一样，当有相应的职能部门来负责控制减少或避免这类灾害的发生。由环保部门根据空气质量的监测情况来发布霾的预警，采取措施应对，自是题中之意。

当然，霾的生成与气候条件有一定的关系，暂由气象部门发布也未尝不可，就是担心老是由气象部门发布的话，久而久之，可能会造成一种错觉，似乎起霾跟刮风下雨一样，成了一种正常的天气现象，因此模糊人为灾害与自然灾害的界限，见怪不怪。反正久雨必晴，久晴必雨，大家对霾也会产生这种心理，觉得空气干净几天再污染几天是正常的。正如太阳一出地面就会干，大风一来霾就会给吹跑，躲霾也就跟避雨一样，要么就在家待着，要不就戴个口罩出门，跟打伞一样的成为生活习惯。这会让公众对霾产生逆来顺受的审丑疲劳，相关部门也会熟视无睹，大家慢慢得过且过起来。

这并非危言耸听，无论从舆论还是从相关部门的作为来看，个别地方已渐渐没有了前几年那种对霾如临大敌的氛围，以前雾霾成灾时，政府部门又是制定预警级别，又是启动应急措施，将应对工作纳入公共事件应急体系，积极性与士气都挺高的。近来，从 11 月东北三省的重度雾霾，以及 11 月 27 日到 12 月 1 日的京津冀雾霾来看，有人已淡定了许多，除了网上的调侃依旧，大家在无奈中寻找开心外，有的地方说好的应急预案没了影子，环保部的督查发现了大量环境违法行为，也没见企业自律或是谁来约束一下，只是通报了事。

令人担心的即在于此，如果老由气象部门发布预警，搞不好，霾就可能在习惯成自然中，与风霜雨雪一道成了自然现象，被当成了一种天气过程，与我们长期和平共处了。我们的警惕性会降低，抗霾意志会消磨，行动力会在温水煮青蛙中削弱。

为避免大家忧怀丧志，霾预警还是由环保部门来发布好，或以环保部门为主体，由气象部门配合发布也行，以倒逼他们的工作责任心。上次东北三省的重度雾霾中，环保部派出督查组后发现，大量企业存在超标排放、环保设施运行不合规等问题，如果环保部门的工作能做在前面，将监管前置，也许不至于此。环保部门只有每天将大气、水等污染状况摸个一清二白，才能及进做好督查整改，而不是在出现重污情况时才紧急行动起来。

（红网 2015 年 12 月 8 日）

请读懂“黄昏天”的烟火味

早上还好好的，头天下过雨的武汉，除了有点闷热外，天气格外晴朗清爽，不料，到9点左右，天色居然渐渐暗了下来，变得雾蒙蒙与昏黄，如沙尘暴一般——很不幸，刚在网上看到的南京“黄昏天”现象，在武汉上演了。

读者纷纷打进报社的报料电话证实了这一判断，说这雾怪怪的，有烟火味，焦煳味。报道称，6月10日，南京出现了严重的空气污染，城市始终笼罩在灰霾中，监测显示黑炭最大浓度超出正常浓度值近4倍，表现出秸秆焚烧影响的显著特征。安徽、江苏、山东、河南大部分地区都出现了重污染情况。

灰霾造成的危害是显而易见的，不仅导致恶性交通事故频发，还可使航空、公路交通、河流航运等陷于停顿；大雾也可能使输变电设备绝缘性能下降，导致高压线路短路和跳闸，造成“污闪灾害”；更为严重的是，大雾导致污染物难以扩散，严重威胁人们的健康乃至生命。环保专家进行了估算，在这种有烟火味的“黄昏天”，一个人24小时待在户外的话，其呼吸的空气相当于抽了15包香烟。(人民网2012年6月11日)

秸秆年年烧，烧成这样的却还是第一次见到。不过，“黄昏天”的污染，板子光打在秸秆身上恐有失公平，工业污染、特定的气候条件与烧秸秆污染的种种因素叠加，才有可能导致这么严重的污染事故。

联想到去年12月上旬，笼罩在京城以及华北平原上空的那场持续数天的大雾天气，空气质量也是严重超标，个别地区甚至达到中度重污染。大雾这种灾害天气，已越来越频繁的出现，不能不说是一种警示。虽然我们对空气质量的监测已日益进步，对PM2.5已不再避讳，但再科学的监测，也只是雨后送伞。污染已经发生，除了得到一串数值外，监测本身是并不能减少污染物的。对空气污染，除了知其然，更要知其所以然，知其所以然，从源头上严加治理。否则，空气质量监测只是民间的老皇历般，告诉你今日污染严重否，宜不宜出行，并不能从根本上带来生活上的好运。

灰霾天里，从汽车尾气造成的光化学烟雾到烧秸秆带来的烟火味，已是越来越刺鼻呛人。问题是，谁来读懂这大雾的烟火味？指责农民将秸秆一烧了之的不负责？斤斤计较于 PM2.5 的话语权？这些都无助于大雾的消散。

面对节能减排的繁重任务，我们扪心自问，在利用秸秆生物发电的推广应用上，在对农村的科技投入对农民现代化生产的指导引导上，我们又做了多少。同样，对一些污染项目，地方政府又痛下决心关停了多少、改造了多少？在稳增长与调结构之间，在转变经济发展方式、促进产业转型升级上，又该如何取舍？

环境面前，没有哪个地方是一座孤岛，不管城乡的发展保障之类是否一体化，每一个生活在城乡上的生命，其健康福祉都是一体化的，同呼吸共命运。农村环境的品质，决定农产品的品质决定城市生活的品质，多一份对乡村的关怀，多一份对底层生活的关怀，就是多一份对城市对中上层社会的关怀。各级政府的每一项决策，多一点对民情的体恤对现实的观照，我们的空气我们的生活，就会少一点呛人的烟火味。

（《中国青年报》2012 年 6 月 12 日）

“抗雾救灾”该提上议程了

昨天，笼罩在京城的大雾天气再次加“码”，东南部地区能见度甚至不足200米，达到浓雾级别，空气质量也严重超标，个别地区甚至达到中度重污染。受部分地区大雾和空气质量下降影响，口罩开始热卖。12月4日，淘宝售出3万多只口罩，相比前两周平均销量翻了3倍，其中有2万多只是被北京地区用户买走。(《京华时报》2011年12月6日)

现代科学知识告诉我们，工业时代的大雾已非诗意与浪漫的象征，大雾不仅导致恶性交通事故频发，还可使航空、公路交通、海洋航运等陷于停顿；大雾也可能使输变电设备绝缘性能下降，导致高压线路短路和跳闸，造成“污闪灾害”；更为严重的是，大雾导致污染物难以扩散，严重威胁人们的健康乃至生命。

大雾是不折不扣的灾害性天气，各地的灾害预警中，也都将大雾与暴雨、高温、寒潮、大风、暴雪列在一起，但也仅限于此而已。防汛救灾、抗旱救灾、抗冰雪救灾，是我们熟知的名词，但从没见过政府提出抗雾救灾，大雾与高温一样，虽然列入灾害性天气，政府与民众对此又基本抱着逆来顺受的态度，少了一点抗击的主动性。

人类对付自然灾害的办法，一是预防，二是治理，通过人类的工程来趋利避害或化害为利，比如，发布暴雨、干旱、台风预警，兴修水利工程来引水泄洪防洪、修建海防工程来抗御台风海啸。在对待大雾这一灾害上，目前是消极得连监测预报都懒得做，对造成灰霾天气“元凶”之一的PM2.5要不要监测公布都争论不休。

眼下，大雾已不再是纯自然意义上的水汽，而是掺杂了太多空气污染物的灰霾，甚至是光化学烟雾，我国的京津冀、长三角和珠三角等地，已形成区域性的空气污染带，在这种环境中，大雾预报仍停留在气象部门的就雾说雾上，这种预报无疑是失真的，对群众健康根本起不到应有的提醒与指导作用。

目前对大雾灾害的应对，公众能看到的，也只是交通领域各部门的自行其是，或停飞航班，或关闭高速公路，主要着眼于交通事故的预防，对于大雾有可能造成的其他民生损害，少见有政府进行统一部署。

或许大雾造成的危害不如洪水那样迅猛可怕，政府因此少了紧迫感，但大雾与干旱一样，灾情的发生虽系隐性与渐进式的，也会因一场大雨而得到解除，容易让人麻痹而得过且过，但一旦灾象失控，同样后果严重。1952 年 12 月的伦敦大雾，仅仅持续了 4 天，因污染物浓度为平时的数倍之多，先后造成 1 万多人死亡，教训惨痛。显然，对越来越频繁笼罩在城市上空的大雾，政府不能掉以轻心，除了发布预报，提醒戴口罩、少出门之类的治标服务，如何从根上减少排放、控制光化学污染、少一些大拆大建的扬尘污染，都是政府义不容辞的责任。

大雾既是灾害，抗雾救灾就是政府绕不开的担当。抗雾救灾，首先当从 PM2. 5 的监测治理开始，并结合环境保护，以科学发展观强化对环保政绩而不是 GDP 的考核，如此，方能取得实效并取信于民。

（《西安晚报》2011 年 12 月 7 日）

空气质量数据该看谁的脸色

北京连续的大雾天气让市民担心空气质量问题，北京市环保局监测的数据显示，全市轻微污染。而微博上转发的美国大使馆监测的空气质量数据却要高出许多。对此，环保局方面表示，数据不能看别人“眼色”，自我比较是在进步。(《北京晨报》2011 年 11 月 1 日)

官方的说法不是没有道理，人家处于闹市区，咱的检测点闹中取静，郊区的都有，好与坏一平均，当然坏不到哪里去。况且，美国大使馆只是监测一个点，咱监测的是面上的整体情况，人家的数据可不是本质真实。

不过，环保局方面的解释，让人想起一则报道：

在那些雾蒙蒙的天气里，我和附近洗衣店熨衣服的工人、市场里卖蔬菜的小贩、出租车司机，或是在人行道上卖烤红薯的人打招呼的第一句话往往是：“天气不好!”这似乎是一句通用的问候语，也是“哎呀，今天空气污染真严重!”的委婉说法。

这是今年 5 月 26 日，美国大西洋月刊刊登的一篇老外看北京空气污染的文章。作者接着解释：就像他们用“好吃”来形容各种美食一样，在污染问题上，他们常常用“天气不好”来描述糟糕的空气质量。这既是为了礼貌，也符合汉语的表达习惯。(新华网 2011 年 5 月 30 日)

所以，有网友提问：“连续大雾导致空气质量很差，大雾天是不是就意味着污染比较严重?”北京市环保局副局长、新闻发言人杜少中答称，雾本来不是污染，只是积累了污染物才会影响空气质量。

中国气象局广州热带海洋气象研究所首席研究员吴兑则说，实际上，从气象学而言，雾出现的机会很少，雾在全世界主要出现在高山地区与两极，在城市里看到的，十之八九都是霾。霾的本质是“细粒子污染”，源于自然界的灰尘与人类活动的排放。灰霾与酸雨都是大气污染的表现形式，当霾饱和以后形成雾，雾的污染浓度会很高。在这种天气下，每个人都是“吸尘器”。

所以，雾不是污染，估计跟“天气不好”的说法是一回事，为了避讳起见。当然，这种含蓄倒不是出于对市民的礼貌，只是为了让大家情绪稳定罢了。实际上，我国的空气污染指数无法真实体现空气质量，“纳入的都是必须能控制，还要有办法解决的”。PM2.5之类有监测，但不公布，也不是减排指标。这导致污染严重却“达标率”高的怪现象，有点像牛奶等诸多食品的安全标准，与国际上的不一样。

问题是，空气质量数据并不能看美国大使馆的，那看谁的呢？在当前除了看老天的眼色（气象条件不利污染物扩散时，污染就会加重），最主要的恐怕要看领导的眼色了。众所周知，经济的快速增长造成了污染物排放量的居高不下，只要各地唯GDP是论，降低污染就会是空话，一些地方宁愿停居民的电来完成节能任务，而不是让工厂来节能减排，就注定了空气质量只能以一些领导的意志为转移。

只要领导下决心，少搞一些政绩，多一些民生情怀，城市的污染状况就是可以改变的。辽宁本溪过去污染严重，在卫星照片上只看到一团黑污，现在已朝山清水秀发展。西安市政府规定从今年10月起按月考核蓝天数，虽引起争议，至少体现了治污决心，说明领导完全有能力有条件让天蓝就蓝，让天黑就黑。要让空气质量检测的数据好看，关键还是要在污染控制上下功夫，而不是在检测指标、检测手段、检测地点之类的技术层面玩魔术，这些功夫只能改变数据，不能改善空气质量。

（《中国青年报》2011年11月2日）

“要钱不要命”要的是别人的命

去年曾遭受特大泥石流灾害的甘肃舟曲，因众多无证水电站加剧地质灾害再次让人忧心。无序开发造成白龙江断流，河床干涸，农房裂缝，农田塌陷，植被被毁，被专家斥为“要钱不要命”。

不光是舟曲，陕西的岚河干流、福建的九龙江、四川的岷江，等等，都因水电站四处截流而多处断流，鱼虾灭绝。小水电跑马圈地，大水电也当仁不让，2004年，溪洛渡水电站因环评手续不完备被原环保总局叫停；2009年，鲁地拉水电站和龙开口水电站没办环评手续就开工，招来严厉罚单。（央视《经济半小时》2011年8月3日）

不光是水电，类似这种危险的“火中取栗”并不少见。血铅污染事故、矿业污染、无证煤窑、三聚氰胺奶粉之类，触目惊心又层出不穷。发展“乱弹琴”无非为了钱，水电营业税给舟曲地方财政带来一年2000万元左右的收入，占比达40%以上，可谓支柱。但经济效益的蝇头小利与灾害带来的损失不可同日而语。去年的一场泥石流灾害给舟曲造成1471人死亡，294人失踪，中央和甘肃省为此投入50亿元用于重建与生态恢复。太湖治污，十数年间投资逾百亿；淮河治污，官方认可的投入为193亿元，收效却异常缓慢。

明知破坏性的发展不可持续，为什么一些地方仍然那么急功近利，无视子孙的安危福祉？只能说，之所以要钱不要命，是因为带血的GDP通常要的是别人的命，对决策者、实施者毫发无损，没有切肤之痛，自然敢逆天而行。项目是谁投资谁受益，破坏环境的代价却由百姓承受，所以，“在我赚钱之后，哪管洪水滔天”便成了一些人的投资坐标。

8月2日，国资委公布了2010年度央企负责人经营业绩考核结果，中海油、中石化和中石油分列二、三、四名。显然，去年的中石油大连火灾事件并未影响其成为“A男”（网络用语，A等男人，上等男人）。业内人士说，利润总额和经济增加值是央企经营业绩考核的主要标准，安全事故以及环境污染事故属于扣分项，无关宏旨。因此可以预见，蓬莱漏油事件恐难以影响

中海油的“优秀”。(《证券日报》2011 年 8 月4 日)

不仅是对央企，对地方政府的考核，何尝不是重经济指标而轻社会责任。反正，GDP 带不带血官员都有成就，灾难也能变成荣誉，对“要钱不要命”棒喝不住就不奇怪了。

整治“要钱不要命”的发展怪圈，关键是让要钱的人与普通百姓的命连在一起。比如，让领导下井与矿工同生共死之类，让大家成为一条绳上的蚂蚱，官员在布局要钱的项目时，就不得不考虑自己的命，就不得不重视影响他人的公共安全。因此，对那些带血的 GDP，要让决策者、执行者感到流血的可怕后果，从制度上让他们与群众血脉相连，将环境保护、安全生产与个人荣辱、前途命运相联系，一旦有差错出事故即严厉追究其责任。唯如此，才可有效防止“要钱不要命”的疯狂行为。

(《中国青年报》2011 年 8 月 5 日)

少一些“坑爹”才能保证穷人平等

国务院总理温家宝在《同南开中学的师生们谈心》一文中写道，穷人应该拥有平等的权利，“公平的核心是在生存、竞争和发展的机会上人人平等，而不是基于财富或其他特权的平等”。（《天津日报》2011 年 11 月 3 日）

总理讲述了从小租住的“蜗居”生活以及爷爷办乡村小学的故事，毕业后，有 14 年时间是在极其艰苦的祁连山区和北山沙漠戈壁地区工作。总理的经历本身说明，艰难困苦并不可怕，不会阻碍一个人的发展。穷人其实并不需要政府的多大物质救济，只要一个公平的制度安排就行。

俗话说，虾有虾路，蟹有蟹路，民间的智慧是无穷的，能按自己的条件自由选择生存发展方式，总能取得成功。改革开放对生产力的解放，究其实就是“松绑”，给社会各阶层打开了一道道方便之门，让大家能各显神通，所以带来无限的生机与活力，不少穷人因此翻身，步入向上的通道。不过，社会财富重新分配后，既得利益者为保住到手的果实，正在设置种种准入门槛，当今的现实语境，让穷人在生存、竞争和发展的机会上平等，已变得困难，有人因此感叹，社会阶层有日益固化之虞。就拿上学来说，曾解决了众多外地孩子上学问题的北京农民工子弟学校，今秋开学之际说关停就关停了，涉及近 30 所学校，3 万名学生，让人措手不及。对这些校长而言，他们的梦想恐怕是自由办学的环境即可。“我们的校园很小，放不下一个鞍马；我们的桌椅很旧，坐上去吱吱呀呀；但是我们的作业工整，我们的成绩不差……”多少穷人的孩子，就是在这种简陋的环境中成长，他们不需要窗明几净，只要有书读就行，这就是穷人渴望的权利。

保证穷人的平等权，有时很简单，不需要政府做什么，相反，只要政府不做什么就行。比如，上街摆摊不要驱赶，不要拆农民的房逼农民上楼，不要在农民进城时设卡收费，不轻易取缔穷人的学校、诊所、夜市，不要对穷人的活法挑剔挤兑。总理说，一个政府、一个社会应该更多地关爱穷人。但众多的事实又印证着一个痛心的现状，对穷人的“坑爹”行为已到了无以复加的地步。比如，在征地上，研究表明，多数地方征地收入的分配比例大致是：农民得5%～15%，集体得25%～30%，地方政府及其机构得60%～70%，征地成了一些地方政府掠夺农民的手段。产棉大县阿瓦提县，在一条短短200米的售棉路上，竟设两道关卡收费。只要与民争利存在，穷人的平等权就是一句空话，穷人经济学便成了富人经济学，穷人要为富人作出牺牲。

到年底，又是财政要突击花钱的时候了，据报道，目前，教育、社会保障与就业、农林水事务和医疗卫生等几项支出，前三季度的完成进度都不到40%，交通运输支出执行进度则达到了74%。很明显，凡是涉及民生保障的财政支出就不积极，地方就不愿投入，如此，何以保证穷人的权利平等？而穷人的选择权不能平等，必然导致财富与其他权利上的不平等。

一棵草有一颗露水珠，天无绝人之路，让穷人能自由选择是最好的权利。而保障穷人的平等权，在于少些人为的限制与干涉，少一些“坑爹”的行为即可。

（《中国青年报》2011年11月4日）

“凭良心办教育”靠不住

“教育局长受贿被查，近百校长闻风自首。”10日，广东省检察院公布2009年十大“典型案件”，位列第二的是英德市教育局原局长赖来新受贿案。此人多次收受校服供应商、建筑商贿赂共计66.5万元。顺着校服供应扯出近百位校长自首。（《羊城晚报》2010年5月16日）

掌握各校长涉案情况后，办案机关为保中考、高考，直到去年7月放假才收网。除一名校长受贿几万元被起诉，其他校长均未被起诉，至今各安其位。

此案并非法不责众，也谈不上法外开恩。校服商鉴于各校“既要宣传动员学生购买、又要搬运校服，耗时耗力”，每年奉上几百元到上千元的“劳务费”。检方将其定为贿款，似有可商榷处，说是“灰色收入”恐更恰当。未达起刑标准且积极退还，不起诉很合理。

不过，这些校长“大节不亏”只能说是幸运。由于校服供应让教育局长一手代劳，校长没插手的份儿才沾不上腥。若是赖局长“放权让利”，供应商要“各个击破”，结果还很难说。近百校长涉案让人唏嘘，某些“人类灵魂工程师”平日大到基建、财务，小到教材、论文，只要能腐败的，不分大中小，也不分名校与否，丑闻迭出。

年初，温州广场路小学的校长唐某因涉嫌嫖娼被广为报道，实在是因为其平素所竖起的道德标杆给人反差太大。“博学致远，成为我生命中不可或缺的宝贵财富，引领我走向成熟。”一位女教师这样评价校长其人。另一位人士则表达了这样的感想：“这世上，什么人都可以变坏，就老师不能。一旦老师变坏，人类社会也就寿终正寝了。”

校长是不能变坏的，但有关老师变坏的新闻又层出不穷，情何以堪。

英国国家教育标准办公室专家顾问安伯格女士说，“我在英国从来没有听说过有中小学校长贪污、受贿的事情。”作为督导，她也没有经历过被贿赂的情况。“当然，去审查时，他们可能会泡一杯茶，给饼干吃，让你觉得

很舒服，但绝对不会贿赂你。”（《南方周末》2010 年 3 月 18 日）

美国加州奥克兰市罗斯福中学教师施小炜则说：“美国学生和家长无须给教师送礼，相反，教师们却常给学生送礼，以资鼓励。”这些礼物首先必须“是干净的”，便宜又有意义。（《中国青年报》2009 年 6 月 4 日）

这很有点君子之交淡如水的味道，也不知是不是“仓廪实而知礼节”。安伯格说，英国的“教育经费拨得很多”，不差钱或能“高薪养廉”？或是经过了扩张发展期，没有基建之类的坑儿损人？

人家老师不变坏的详情或一言难尽，国内的教育经费一直不能达标也是事实。“凭良心办教育”是唐某立于校园的标语，但光凭良心显然不能防止校长变坏，一念之差就会将一个人毁了。所以，如何有好的投入好的制度设计，保证校长与老师们一心扑在工作上而没有变坏的机会，才是根本。

“作为督导我们都有行为准则，对于可能出现的威胁或者有贿赂的情况发生，都要及时上报。”安伯格如是说，估计是有相当强悍的制度约束以至让人不敢有他念，这对我们也是一点启发。

（《中国青年报》2010 年 5 月 18 日）

“公众普遍赞成”不是噱头

备受关注的PM2.5标准征求意见日前结束，环保部表示，公众普遍赞成将PM2.5纳入空气质量标准，有的还建议在有条件的地区提前实施。(《新京报》2011年12月7日)

征求意见当然是一项民主程序，它有利于提高决策的科学性与准确性，但民意如何变为官意，个中又大有学问。不是所有征求结果都与民意合拍，也不是所有民意最终会落实并造福于民，在民意通向官意的渠道中，明显有一道阀门，在进行着符合政府施政需要的转换。

不久前，湖南物价局批准长沙、岳阳等地上调水价，长沙理工大学学生社团走访调查后发现，半数居民认为水价偏高，大部分受访者表示对阶梯水价不了解，但相关听证会上，阶梯水价竟获一致赞同。这是征求结果与实际民意不符的典型，恐怕也是各种民意征求的“玄妙”所在。听证会总成听涨会，这是最常见的民意悖论与民意背离，但各地又总是乐此不疲地听证，并堂而皇之地以假民意作为决策依据，这无非是表明施政行为的师出有名。

征求意见变成了没有意见，变成了征求支持，变成了应对舆论的道具，这些是征求意见的常见套路。以PM2.5要不要纳入空气质量标准来说，这是显而易见的事，就如要不要反腐败、要不要打黑除恶、要不要食品安全、要不要蓝天绿水一样，不用征求，也当知道民心所向。有关部门一直不愿按国际惯例纳入PM2.5，无非是为了空气质量数据的“好看”，减少自身的工作压力与责任，可大雾与污染不会因人为控制的数据而改变。即便如此，环保部相关负责人也只是表示，将结合国家社会经济发展水平，吸取和采纳各方面的意见和建议，完善标准草案，争取尽快正式发布。

这里面又埋下了伏笔，民意吸纳多少，如何吸纳？“公众支持PM2.5纳入空气质量标准”，只是一个喜人的噱头，要知道，公众支持要变为政府支持才有力量，而能不能变为政府支持，就要看政府征求意见的真实意图：是为了“引蛇出洞”，找个靶子来对准消解；还是已有了决策意图，只不过想借助假托民意来推动。

“意见”若沦为政府部门随意揉捏的面团，不合我意者即束之高阁或视而不见，征求意见就将变得毫无意义。

（《中国青年报》2011 年 12 月 8 日）

跟着房价涨幅走的调控只会疲于奔命

国家统计局公布的数据显示，6 月份多数城市房价仍在上涨，其中二、三线城市涨幅已超过北京、上海等一线城市，成为领涨全国房价的“主力军”。与此对应的，住建部已开始调查部分二、三线城市和中小城市房价快速上涨成因，并据此草拟限购城市名单。(中国经济网2011 年7 月19 日)

从目前来看，限购作为楼市调控的组合拳之一，已显示一定的治标作用，北京、上海等一线城市涨幅趋缓，已证明了这一点。但二、三线未限购城市因当地投资需求和部分输入性的投资投机需求，房价上涨的压力与幅度均较大，政府情急之中欲故伎重施，祭出暂时行之有效的限购法宝来遏制，算是见招拆招的权宜之举。

从调控结果来看，一线城市涨幅趋缓，二、三线城市涨势汹汹，说明限购类的调控是按下葫芦起了瓢，并没有起到根本性的吓阻作用。究其原因，房价与其他商品价格一样，离不开市场现实需求与未来预期的影响，一线城市被限购强行压下的投资与投机需求，必然要向二、三线城市转移，由于资本的洼地效应，开发商与购房者的资金，出于逐利的本能，也都会不约而同地向处于价格洼地的城市流动。

根据《2010 年中国城市房价排行榜》，位于榜首的杭州，新房均价达25840 元/平方米，北京以 22310 元/平方米紧随其后，上海新房均价 19168 元/平方米，位列第三。反观二、三线城市，西安市均价为 5398 元/平方米，乌鲁木齐为 4410 元/平方米，西宁市为 3440 元/平方米，武汉市为 6196 元/平方米。从中不难看出，一线城市的房价与二、三线城市存在较大的倍差，从某个层面而言，就是利差，一线城市居高不下的房价，给了二、三线城市巨大的上涨想象空间与涨价之后的套利空间。在城市建设与经济发展水平差不多的情况下，同等地位的城市房价必然会自动“对齐”，难抑“见高思齐”的上涨欲望。比如，同是直辖市，重庆的房价显然低其他同类城市一等，同处长江中游的武汉，房价比南京相差一倍，在这种情形下，低房价的城市必然存在上涨的冲动。

6 月份，乌鲁木齐以新建住宅价格9.2%的同比涨幅位居涨幅首位，也成为国内唯一房价同比涨幅破9的城市。看一看乌鲁木齐与一线城市相比的房价基数，有此涨幅并不奇怪。并不是说二、三线城市的房价上涨有理，因为各地的发展情况不一样，房价的起点也不一样，其涨幅也不可能一样齐，调控措施一律与涨幅挂钩，并不科学，因为基数不同，涨幅的意义也不一样。2 万元的房价涨 1 个点，相当于 2000 元的房价涨 10 个点，其绝对值是一样的。

（《中国青年报》2011 年 7 月 20 日）

大蒜可以疯狂，民生不必焦虑

两年前，一袋20公斤的大蒜才两三元钱，今年这袋大蒜要价200元。河南大蒜身价短时间内暴涨100倍。除了大蒜，其他一些品种的蔬菜贵过肉价的新闻，也不时见诸报端。

有舆论认为，对近年来菜价上涨的“旋风”不可等闲视之。的确，物价关乎民生，对其敏感性，政府历来十分重视，保持密切监控并“该出手时就出手”。比如，猪肉等食品价格于2007年夏开始大幅上涨，国家发改委在2008年年初对粮、油、肉等部分重要商品实行临时价格干预措施，直到当年12月才解除。不过，市场经济中，物价波动有自身的供求规律。对2007年那一波的猪肉价格上涨，政府的棒喝虽收到一定效果，但停止干预后，肉价并未反弹，反一直滑落到现在的低谷。

因此，对菜价也须具体问题具体分析。对这次菜价上涨，新华社经济分析师认为，除了气温、生产及运输环节的成本因素，不排除有游资炒作。既如此，民生大可不必为之焦虑，且让他去吧。

众所周知，蔬菜是季节性品种，价格本身随行就市。目前菜价贵过肉价，一方面是肉价处于3年来的最低位，居于比较劣势；另一方面，眼下正值一些时令品种初临上市，行情是要俏一些。事实上，2005～2007年，南京、成都、广州等地都经历过一定高菜价困扰，成都还首次启动蔬菜价格预警，准备动用基金平抑菜价。但这种波动都是阶段性的，受季节、天气影响所致，很快都回落了，原本是不必多虑的。

游资所能兴风作浪的，也就是易于囤积的干货，如大蒜、红辣椒。而价格涨得太高，消费自然受到制约。据报道，2009年7月以来大蒜价格持续高涨，市场交易量减少了2/3（《长江日报》2009年12月2日）。没有需求，炒家也撑不了多久，消费者自可“黄鹤楼上看帆船”。

市场从来没有只涨不跌的神话，曾经暴涨的猪肉，引得房地产商改行盖猪圈。当供给超过需求，价格又必然下跌，以致政府又开始以收储来促使肉价回升。曾被炒上了天的兰花，如今也现出凡身，两年前可买一栋别墅的“极品”，不过千把块，“现在最好卖的兰花价位在几十到几百之间，高价兰基本没有市场”。

菜价的上涨，还让人想起任志强有关央视是房价上涨罪魁祸首的言论。任志强认为，央视动辄炮轰房价的结果，反而加大了社会对房价上涨的心理预期，让更多的民众产生了投资和抢房子的动机，让市场价格波动加大。（《新快报》2009 年 12 月 23 日）

任志强的说法有一定的合理性，舆论的喧嚣确实会撩拨社会心理。国家发改委在 2008 年实施价格干预时就指出：“有的提前宣布涨价消息，制造舆论，哄抬价格；还有的捏造散布涨价信息，制造紧张气氛，推动市场价格不合理上涨。”（《中国青年报》2008 年 1 月 17 日）

游资要“炒菜”，就让他糊了吧，公众不必为之起舞。而且，我们要警惕渲染涨价气氛而影响社会心理预期，因为舆论越鼓噪，反而给了炒家炒作与出货的机会。上帝让谁灭亡，必先让其疯狂。大蒜要疯狂，且让它去疯。姑且先委屈自己，吃点别的罢。

（《中国青年报》2010 年 5 月 11 日）

房租涨价有“阴谋”，政府应对要有“阳谋”

近来，有关北京、上海、广州等一线城市房租上涨的话题，成为社会关注的热点。报道称，这些地方房屋租赁价格平均涨幅超过10%，地段好的涨幅甚至达到20%。有人担心，房租堪比绿豆，会成为新的影响民生与稳定的躁动因子。

房租突涨，有归结于多年平缓滞胀后的补涨要求，有认为是毕业生入市旺季与城中村改造带来的需求所致，也有义愤填膺地指责房产中介在捣鬼：劝房主涨价或是囤积房源、违规转租拉抬房租。此种阴谋论意味深长，即利益集团通过操控房租让人觉得租房不划算，以此推动购房；或以此归罪于房地产调控的效果，从而影响政府决策。

刚有有关部门表示揪出了绿豆涨价的元凶。在此背景下，房租上涨的阴谋论就很容易“取信于民”，既可获得道义上的共鸣与支持，又能转移供求矛盾，并将复杂的涨价问题简单化，所以较有市场。

不过，令人奇怪的是，一直到今年初，绿豆、大蒜的价格持续高烧不退时，相关部门对炒作之说是不以为意的。可见，即便是有人哄抬物价，相关部门的后知后觉又显得何其晚也。同样，房租的过快上涨不容忽视，若简单的归结于“阴谋”，恐并不能从根本上纾解民生缺乏保障的痛痒。

因为归于阴谋论容易，要未雨绸缪总是很难。对房租上涨，业内人士认为，面对这种情况政府应尽早介入，提供公租房，引导房租走向合理区间。比如，对毕业生集中离校找房子，对大面积的城中村改造让蚁族被迫寻找新住所，可否事先有预案解难？

其实，任何涨价都有目的，不是阴谋，即是阳谋，包括公共服务部门的水、电、油、气涨价，都是为了获取一定的利益。只是，来自民间资本或利益推动的涨价不会如一些部门一样有堂而皇之的听证、公示，只能是暗流涌动的“阴谋”，这就需要相关部门及时监测，将不良苗头消除在萌芽状态，防患于未然。

资本的天性是逐利，总要四处寻求投资收益，在流动性充裕的情况下，潜在的价格波动在所难免，总会呈此起彼伏的状况。相关职能部门对此要心中有数，做到水来土掩，应付自如。涨价有阴谋，政府应对要有阳“谋”，这样，才不至于处处被动，按下葫芦起了瓢，跟在游资后面大呼小叫。

（《新华每日电讯》2010年7月7日）

查住房空置不如查政策空置

国家统计局4日公布的数据显示，今年6月末商品房待售面积为19182万平方米，同比增长6.4%，市场关心的住房“空置率”却并未公布。原因是这一数字较为敏感，而且统计口径与市场口径存在一定差异，准确数据有待全国住房普查。（《京华时报》2010年8月5日）

住房空置率事关房地产行业的政策走向以及国计民生的安危，不久前有媒体称，根据国家电网对电表运行情况的推断，全国约有6540万套空置房，空置率约达26%，这一数字随即遭到相关部门否认，成了未解之谜。由于统计数据屡被质疑失真，住房空置率又正处在舆论的风口浪尖上，统计局“吃一堑，长一智”，这回学聪明了，与其公布会引起纷争的数字，不如秘而不宣。不能说真话，就不说假话，也算是一种进步吧。

住房空置率当然有必要搞清楚，不过，若以有无人居住来认定空置未必靠谱，除了煤老板、投机客之类一买几十套，有些空置房应是伪空置。因为高企的房价让普通住房需求者购房后，通常已耗尽血本，要想入住，又得花几年时间攒一笔装修的钱。从房子售出到入住，本有一个空窗期，另加其他原因没有入住的房屋，这种暂时性的空置不能算真正的空置。

空置当然是一种浪费，相较于住房空置，另一种工程空置更值得关注。

8月5日的《人民日报》报道，今年1月30日，安徽安庆投资8000万元，建成一座华东地区最大的地市级公路客运中心站，却空置达半年，至今难以投入运营。投资上亿元的南昌市昌南汽车客运站，更是被曝竣工启用3年却一直闲置。

相较于住房空置，这样的空置浪费更大。住房毕竟是私人投资，是住，是租，是售，总会有个决断，为个人财产保值计，不会置之不理。而工程项目是国家投资，在问责机制的缺乏下，与官员的痛痒无关，常在漠然中造成大量国有资产的损失，比如，总投资103亿元的山西省万家寨“引黄入晋”一期工程，因造价太高老百姓用不起，工程能力被大量闲置。类似的还有工程建成未投产即破产，为办会办节兴建的各类场馆、形象工程热闹过后即闲置，开发区跑马圈地造成的大量土地荒废，等等，各种空置浪费绝对是天文数字。

造成空置的原因是多方面的，有决策失误的，有跟风上马后市场风向突变的，有利益协调不到位的。住房空置也好，工程空置也好，归根结底，皆源于政策空置。本来，国家对各项建设都有严格的规定，有的为了部门利益地方利益，甚至是个人政绩的需要，置实际情况与国家规定于不顾，一意孤行造成投资浪费。内蒙古清水河县建新城留下一堆“烂尾楼”，耗资50多亿元的鄂尔多斯康巴什新城成为空城，皆源于此。而国家为调控楼市，从信贷、购房数量等方面出台了一揽子政策，在一些地方同样未得到认真执行，反以变通的方式我行我素，如此的政策空置，比住房空置更令人忧心。

政策空置是一切空置的罪魁祸首，查住房空置不如严查政策的落实情况。否则，即便摸清了住房空置的家底，有再准确的数字，因之出台了再精确的应对措施，得不到执行的话，仍是枉然。

（《中国青年报》2010年8月6日）

频出的地王将写下怎样的楼市墓志铭*

也许是为了验证“房价上涨压力仍然很大”的伟大与正确，3 月 15 日，北京一天成交 6 块土地，总金额达 143.5 亿元，刷新“单价地王”和“总价地王”的纪录。虽然全国政协副主席张梅颖痛斥国企争当地王“老百姓绝对不能接受”，这次当仁不让的依然非央企莫属。

任志强也抛出 4 亿元保证金参与博傻，被潘石屹调侃为花钱买丢人。“举牌举到 1 万多元（每平方米）就再不敢举了。”任志强则自我解嘲，至少我还有勇气上场，小潘已怕得连参与都不敢了。（《京华时报》2010 年 3 月 16 日）

一举夺标的央企大鳄，或在睥睨天下中冷笑狂歌，汝等皆鸡豚耳，不足道也。住建部抑或窃喜，我说了嘛，调控房市几乎没有什么手段，因为“土地在国土部门，税收在税务部门，房贷在银行部门”，于我则何德何能。

这场楼市的击鼓传花，看不到落槌的迹象，是购房者疯了，开发商疯了？还是土地财政疯了？

要求央企高抬贵手，勿做房价上涨的帮凶？指责央企不讲政治，违背总理“一个正确的经济学同高尚的伦理学是不可分离的”谆谆教诲？在道德上我们或可义正词严，但责任的帽子从来不曾让企业知所进退。

逐利是资本的天性，“房地产大把赚钞票，政府再怎么弄，他也不会转”。全国政协副主席黄孟复忧心忡忡讲过这样一个故事，前几年中关村的一些老板向他抱怨，搞科技的长不大，这几年都喜笑颜开，转搞房地产发啦。（《京华时报》2010 年 3 月 9 日）

在现实的利益面前，伦理黯然失色，只会跟任志强的竞拍一样羞愧而归。

虽然发改委信誓旦旦，4 万亿元投资没有一分钱进入楼市，但央企在信

---

* 本文原题：频出的地王，你们胜利了。

贷面前的便利是不争的事实。审计署原审计长李金华指出，国企创造地王就是钱多没处花。中化方兴 2009 年获得 245 亿元的授信，以 40.6 亿元拍得北京广渠路 15 号地，开启国企地王大幕不过信手拈来。

国企高管在经营上的不担风险，砸个几十亿眼睛也不会眨一下。“即使市场不好，也不会降承担国有资产流失的责任。”买地之后，哪管将来洪水滔天。

都说楼市有泡沫，都在使劲吹泡泡。这就是当下楼市的珍珑棋局，谁人解之?

想起一则寓言：农夫牵着一头驴子走过悬崖，怕驴子跌下去，越牵它往里面走可它越不肯，最后驴子跌下深谷，农夫耸耸肩：你胜利了。

如果高尚不是楼市的通行证，那么，频出的地王，总有一块将刻下楼市崩盘的墓志铭：你胜利了!

这当然不是大家乐见的双输局面，摔死的是犟驴，损失的是农夫。

如何改变土地的招投标制，如何从制度上约束国企的疯狂，如何从产业上引导资金分流，如何让二次房改给楼市无痛减肥，这比从道义上呼唤各方节制更急迫更有意义。

（《华西都市报》2010 年 3 月 17 日）

疯狂的高利贷，怎一声叹息了得

这是一个大家不愿看到的结局，也是注定会无可避免发生的泡沫破裂，江苏泗洪县高利贷市场在疯狂表演之后崩盘，全民放贷变为全民讨债，人心惶惶中，将上线活埋灌辣椒水讨钱的极端事件也因此出现。谁来收场，如何收场，必将是很纠结的问题。(《新京报》2011 年 8 月 1 日)

疯狂的高利贷乱象，或可归结于银根紧缩下的中小企业融资难所肇始，或可抱怨政府部门的监管不力所纵容，也可以反思乡镇基层的金融信贷体系不发达以及房地产企业的疯狂吸金所致。但这场风暴的策动与生成，自有其内在强大驱动力，远不是外界几个诱因所能一石激起千层浪的。看一看传销的屡打不绝，看一看地下六合彩的生生不息，它们身上的顽强与顽固，不可理喻的疯狂与混乱，与高利贷的粗野是何等相似。受此波及与侵害的人群，对此深信与深陷的人群，基本上是生活在底层的民众，将自己的血汗钱与身家性命，通过认识与不认识的上线或庄家，倾情忘情投入而不顾灰飞烟灭血本无归的后果。所来为何，图的是什么？当然是那种一本万利的回报。这种赌博式的行为中，寄托着一夜暴富暴发的幻想，体现的是不劳而获的思维。

为什么要如此孤注一掷，为什么不愿通过正常劳动来生财，却憧憬着以钱生钱的黄粱美梦？不能不说，这个社会能提供的勤劳致富途径已比较艰难，靠劳动成功的光环也不再耀眼，难以激起效仿的动力，官商结合发大财的门道又不是普通民众所能摸得着的，相反，买六合彩、传销、放高利贷产生的“致富”奇迹，常令人瞠目结舌，不时以活生生的例子一传十、十传百地刺激着暴富的神经血脉贲张，成了一些人眼中撬动机会之门的杠杆与掘金的利器，受此蛊惑与诱惑，大家只盯着成功的金字塔顶而不愿正视那些被陪葬的底部，都以侥幸心理幻想着自己能站上那个塔顶。面对因高利贷而生的豪车招摇过市，“谁不放爪子谁就是愣子”就不难理解了，以致公务员不惜从银行贷款再拿去放贷。熙熙攘攘皆为利往的狂潮裹挟之下，谁能心平气和无动于衷？巨浪洪水过后，只有满目疮痍与哭爹喊娘的惨痛。

怪民众对风险的无知与贪婪？固然可以哀其不幸，怒其不争，但不能不说整个社会的浮躁有着推波助澜的作用。这是一个投机的时代，怎样来得快就怎样搞，什么来得快就搞什么，投机得可以出卖一切，投机得只剩下无耻与猖狂。看一看那些地方政府为了GDP的立竿见影不惜代价全民招商，只图拉几个项目或搞几个漂亮口号来粉饰政绩而不愿实干苦干；看一看那些为投机取巧而横行江湖的“瘦肉精”、膨大剂、三聚氰胺等各种食品添加剂，看一看产业资本热衷于炒股炒地皮来增厚业绩，就能明白，投机的覆巢之下，岂有底层民众的完卵？他们又何以能独善其身？泗洪高利贷乱象与危局不是一个孤例，此前在温州、福州都疯狂过，放贷为了投机，借的同样如此，为炒房、造房而疯狂。

“应该看到泗洪85%以上的民间借贷是正常的，并且他们为泗洪的经济发展，特别是房地产市场作出了贡献。”这就是泗洪县有关官员的表态，为了土地财政，为了表面繁荣，对高利贷想说约束不容易。要终结高利贷乱象，仅从金融规范自身的审视还不够，还要靠整个社会心态的冷静与理性，首先要从政府部门的崇本务实开始，彻底祛除浮躁投机的政风官风，脚踏实地带领群众组织群众寻致富创富之路，宁可发展慢一点，也不要急进冒进搞乱环境搞乱人心。让钻营与投机没有市场，掀不起风浪，高利贷之类的魔瓶也就难以开启。

（《中国青年报》2011年8月3日）

房地产“意外死亡”风险百姓扛

住建部政策研究中心主任陈淮日前在2010博鳌房地产论坛上表示，当前中国房地产市场存在市场化淘汰机制缺失等缺陷，开发商几乎找不到被市场淘汰的例证，退出市场往往是因为“卷款潜逃、行贿案发、内讧解体、屯地被查”这四种因素。（《羊城晚报》2010年8月16日）

陈淮总结出的中国开发商“四种死法”，一言蔽之，就是纯属意外死亡，不是正常的淘汰出局。开发商既是因市场之外的因素不慎致死，不属于市场竞争中企业在经历“成长期、成熟期、衰退期”后的自然死亡，这种意外夭折可称为“不得好死”。

陈淮说，这是市场发展不成熟的表现。中国的房地产市场起起落落，经历了这么多年的发展，也经历了一轮轮的调控，为何仍是一个不成熟的市场？一个发育不完善的市场，显然是没有经过充分竞争的市场，这其中，又源于政府的行政干预太多。一个到处充斥着权力的市场，不是一个真正的市场，也就不可能有开发商在市场洗礼中的自然终结。

且不必说土地财政将开发商与政府牢牢捆绑在一起，单是地方的政绩需要，就让二者紧紧结成利益共同体。位于沈阳黄金地段的“亚洲城”，违法运行长达一年多，从未批先建、无证销售，到违规提高容积率，几乎是一路绿灯，原因就是事关政绩，怕开发商撤资，有关政府部门还多次协调并要求尽快开工建设。河南漯河市源汇区一栋名为阳光花园的商住楼，招商引资引来一个毫无开发资质、建筑资质的农民，但是，“即使违法也照样建”。

有一些政府部门如此的“保驾护航”，没资质的开发商都能畅通无阻、大干快上，那些正规的房地企业，更是求之不得的财神爷，被关怀备至，又如何能被市场淘汰？“房地产业在任何国家都是高风险的行业，但目前中国房地产市场的风险非常不公平地集中在购房者身上”，开发商又何惧之有。这也是为何在政府的调控之下，央企仍大手笔拿钱砸地的原因。

眼下关于住房空置率的争议高烧不退。其实，空置率本身不是罪过。住房在国人眼中，除了满足居住需求外，更有财产保值的因素。住房空置跟钱存在银行、将金银首饰放在家里一样，都是理财的手段。你不能说有的人钱存着不花，有的人项链不戴，就要逼着他将钱花光，将项链都戴上，以免“空置”。在开发商“不得好死”的畸形市场上，房价只涨不跌，我们只有被迫追高，只有“被空置”。我们宁愿空置也要搏命买房，为什么？还不是没有其他好的保值途径，关注空置率不如关注造成空置的开发商与政策。

开发商“不得好死”当然不是一个好现象，只有在优胜劣汰的市场，消费者才能得到好的服务，开发商提供的产品才能在竞争中不断优化。但中国的开发商并非不死鸟，不能淘汰死，不表明就不会倒掉。美国的次贷危机告诉我们，房地产的整体崩盘不是传说，“不得好死”的开发商可能会一起玩完。

在地方政府的呵护与利益共谋下，开发商赚钱都赚得不好意思了。开发商“不得好死”，一些房地产政策，一些政府部门的作为难咎其辞。开发商“不得好死”，百姓难得安生，也会危及国民经济。对此须高度重视，让地方政府的权力与利益之手早日退出房地产市场，还一个纯粹的竞争性市场，让一切正常起来，什么空置率，什么居民的购房风险与国民经济的风险，都可得到释放解决。

（《中国青年报》2010 年 8 月 18 日）

没有城乡落差　何来突击调动

近日，湖南耒阳市教育局一日签发167份调令，将大批农村教师调往市区。目前，当地教育局局长王宗江已被双规，副局长贺洪兴因在调动中收受贿赂被捕。（《法治周末》2010年5月24日）

这样的突击调动公众并不陌生。去年，河北武安曝出“教育局长免职当夜调动上百农村教师进城”，让人大开眼界；2009年12月，广东和平县突击特批200人进入事业单位；2007年，甘肃甘谷县在县长离任前突击进行了115人的人事调动。虽然均称没收钱，“因求情者太多，得罪不起”，但突击调动所造成的恶劣影响，被网友称为“突击腐败”，纵无权钱交易的成分，也至少让用人程序与制度失去了严肃性，成为权力随意揉捏的面团。

此次耒阳的教师异动，无论如何喝止批评都不为过，撇开违纪违规不论，不得不面对的是，突击调令背后的城乡差别与失衡的资源配置。

耒阳的王宗江“2002年当局长至今8年时间，一直没调动教师，压在这里”。离任前的突击调人已成官场常态，固然是“有权不用，过期作废”的疯狂，也不能不说是放手一搏来还人情。这压力表面是各方的关系因素，实际是城乡条件的“压力差”使然。基层人员因艰苦不能安心，各显神通找局长、县长，彼等只有在离任时以破釜沉舟之势来冲破压力“毕其功于一役”。

“广东最穷村落后全国30年，300人学校无厕所”“城乡分割等拉大收入差距”，24日的另两则新闻反过来揭示了突击调动的幕后推手。“1997年我国城乡居民收入比为2.6∶1，2010年已达到3.33∶1，落差幅度比巴西、阿根廷等发展中国家都高。”“垄断行业与其他行业实际收入差距可能在5～10倍之间。”这也造成企业、政府领导拼命让自己子女“潜规则”就业。（《人民日报》2010年5月24日）而富如广东者，也有穷得不堪入目的。粤西雷州有个东塘村，贫困率超过51%，300多人的学校没有围墙没有厕所，要方便只能到附近树林。（《南方日报》2010年5月24日）

这就是现实。为何基层人员一个个要削尖了脑袋进城，让县长都“得罪不起”？屡屡上演的调动版“士兵突击”戏码，还不是因为乡村真苦、乡村真穷使然。

英国有项“城市挑战计划”，让一些做得好的学校去帮助改进那些做得不好的学校。之所以叫“城市挑战”，是因为在英国，那些表现不好的学校一般都是在城市，“很多英国农村的学校都是非常成功的。在乡村贫困的要少一些。而且乡村的学校和城市学校的拨款都是一样的。”（《南方周末》2010年3月18日）

人往高处走，这是本能。如果乡村的投入能与城里一样享受平等的国民待遇，各方条件并不比城里差，局长或县长大人也不至于受到那么大的调动压力。这丝毫没有为滥权者开脱的意思，违纪者自有相应的处罚，但是，如何遏制或消除违纪冲动，不让局长或县长因“调动压力”变坏，与反腐一样重要。

“年轻娃娃本来就是要到地方来支持农村的，工作一两年就往县城调，对农村工作能起多大作用?”甘谷县的突击调动中，有群众如此愤然。问题是，除了在精神上呼唤扎根基层奉献，在制度上防止人事后门，加大对乡村的投入，调整收入分配格局，缩小城乡差距才是根本。否则，基层人员还是会“心思都没在工作上，净想着找关系托门路了”。掌握人事权的局长县长们，面对一纸纸的申请与乡村郁闷，又如之奈何?

（《中国青年报》2010年5月25日）

端好我们的饭碗不能只顾埋头种粮

面对今年自然灾害多发的情况，农业部部长韩长赋强调要千方百计完成全年粮食产量稳定在1万亿斤以上的目标任务。韩长赋说：“中国人的饭碗不能端在别人手里。这就需要我们不断加强农业，加强粮食生产。”（中广网2010年8月15日）

手中有粮，心中不慌，粮食的重要性永远不过时。民间有“夜夜防盗，年年防饥”的古训；少林寺方丈释永信披露，少林寺地下仓库不藏金，不藏银，存放了大量粮食，够寺庙所有人吃两年。

粮食比黄金更重要。“粮食安全还是最大的民生问题，要始终把粮食的基本自给贯彻到底。”农业部的清醒认识令人欣慰。自己动手，方能丰衣足食；自给自足，才能高枕无忧。但端好我们的饭碗不能只顾埋头种粮，仅靠加强生产环节而忽视经营流通环节，这个饭碗不一定能端得稳。

经济学家郎咸平曾有惊人之语，称华尔街决定着国内青椒肉丝的价格。从种子到收购加工，从大豆、食用油到小麦、水稻，都有外资的无形之手在影响我们的价格，这已是摆在国人面前的现实。

2009年1月4日，海关总署发出预警称，外商投资企业在我国粮食领域的控制力在加强（《中国商报》2009年1月20日）。据报道，外资粮食巨头正在悄然掀起一股收购中国基层粮库的热潮，中储粮总公司总经理包克辛称：“外资粮商掌握了中国植物油销售的终端渠道，然后他们再建立或收购面粉厂、大米加工厂，这就给我国粮食流通带来极大风险。”

眼下的国际粮价几个月来一直处于上涨趋势，并波及国内。来自国家发改委的数据显示，今年一季度，主产区玉米的收购价格同比增长21.9%，小麦价格的上涨也较强劲。但这并非粮食短缺造成的，一位广东粮食专家说，虽然天灾不断，今年全国夏粮减产幅度只有0.3%，是历史上的第三个好收成年。而全球粮食也储备充裕，“联合国粮农组织不认为将发生粮食危机”。（《广州日报》2010年8月15日）国际资本炒作造成粮价波动，在国内，外资企业也直接加入到“抢粮潮”。“他们的资金量大，似乎不计效益，只注重开拓和占领市场。”（《羊城晚报》2010 年 8 月 1 日）

四大粮商在全世界建立了完整的产业链，这使得我们在大豆等农产品定价上失去了发言资格，调控能力也显得薄弱。2007 年，食用油价格猛涨，中储粮抛出 20 万吨食用油平抑油价却打了水漂，缘于其中 70% 竟被一家跨国粮商收购。

中国人的饭碗如何才不端在别人手里，搞好粮食生产当然是第一位，但如果生产出来的粮食被跨国粮商拿到市场上呼风唤雨，我们的饭碗仍可能会受制于人。因此，中国社科院农村发展研究所研究员李国祥认为，国家要提高自己的调控能力，建立监管制度，防止出现操纵价格的现象，同时，应像国外那样对市场结构做出某种限制。

而不时见诸媒体的粮库亏空案，也让人担心粮食安全问题。既然埋头种地多打粮食不能保证“颗粒归碗”，还须有战略意识，居安思危，从生产到流通各环节统筹安排，加强国字号粮企的竞争力，同时防止粮企空转与空耗，将粮油命脉牢牢掌握在自己手中。

（《中国青年报》2010 年 8 月 17 日）

第三辑

秩序缺失的功利社会

在功利化的社会中，利令智昏，失去理性判断的，不仅是清华这样的名校，多少啼笑皆非的事，只因有奶就是娘，没找准坟头就烧纸。

清华校长咋拜错了财神

针对清华大学校长会见的“罗斯柴尔德家族继承人”系山寨版一事，清华副校长杨斌表示，学校的确存在着甄别方面的疏忽，“未来我们对捐赠人背景应加强甄别”。（《北京青年报》2016 年 3 月 24 日）

之前，清华官网曾报道称，2 月 1 日上午，清华校长会见了罗斯柴尔德家族英国资产主要管理人奥利弗，希望未来能够加强合作和交流。有媒体提出质疑，发现查无此人。之后，英国罗斯柴尔德集团也做出回应，确认奥利弗不是其家族成员，不涉足集团的任何业务。联合国儿童基金会英国分部也确认，奥利弗在 20 世纪 90 年代曾是英国分部的一位支持者，现在英国分部与他没有任何关联和往来。

这场会见摆了乌龙是无疑的，似乎出了洋相。思前想后，却又让人笑不起来。

甄别方面的疏忽肯定与校长无关，众所周知，这种事务性的工作，多是相关部门安排好，请示汇报后，校长拨冗安排。到底是谁被忽悠了呢？奥利弗当然不是籍籍无名之辈，多少有点来头，具体系何方神圣并不重要，有一定背景，是财神爷就行。主要看荷包，看能否找到捐赠。正如上海交大校委会主任姜斯宪所言，中国大学的基金会，相比较国外一流大学的基金会而言，完全不在一个量级，还有很大的发展空间。存在迫切想引进社会资金的饥渴，所以，奥利弗的出现，或让清华校方眼前一亮，名人的晕轮效应下，不会想那么多，难免失察。

清华副校长杨斌也坦承，一点儿也不怀疑校长的善意，希望通过更广泛的社会资源和支持，使清华大学办得更好。但善良的愿望，有时欲速则不达。所谓利令则智昏，利益面前，人往往会糊涂，失去应有的清醒。想当年，一个叫“郑泽”的港商，以大手笔投资为名，从宁夏骗到内蒙古，“空手套白狼”借项目圈钱，能得逞就是一些地方的招商冲动所致，情急中，造成良莠不辨、鱼目混珠的黑色幽默。

谈笑有鸿儒、往来无白丁的清华大学这次不慎拜错了财神，让人意外，是个遗憾。不过，也并不奇怪，多年来，一些高校的功利化不时被舆论所诟病。诸如年年上演招生大战，不择手段的掐尖，有的还动不动就搬出校友富豪榜来炫，已让社会厌烦。有大学教授更是放言，当你40岁时，没有4000万身家，不要来见我，也别说是我学生。虽然他有励志的好心，认为高学历者的贫穷意味着耻辱和失败，但仍引起诸多争议，多数网友认为不能用钱衡量成败。

诚然，自己富了意味着创造了很多GDP、税收、就业岗位，社会贡献大，避免自己、家属成为社会负担。但每个人的致富能力有大小，也不是人生的唯一目标。一个教授，一所学校，如果有如此致富的冲动，为钱红了眼，分不出奥利弗与罗斯柴尔德有啥区别，也就并不为奇。

认错一次人并不要紧，幸好没有被骗，没掉进合作的陷阱，也没有造成项目与工程的烂尾。这也不是什么坏事，如果能从中吃一堑，长一智，在创国际一流大学上有颗平常心，不急功近利，不急火攻心，以后再避免急中出错，这洋笑话，闹得也值。

（红网2016年3月25日）

南科大是否“野鸡”要靠下的蛋证明

曾矢志去行政化，贯彻自主招生、教授治校等理念的南方科技大学，迎来了首届统招毕业生走向社会的时候。(《新京报》2016 年 6 月 21 日)

自 2007 年筹办以来，南方科技大学提出要办一所研究型大学，“国内顶尖，世界一流”，采取了诸多改革措施。比如：书院制、全英文教学，招生施行 6+3+1 招生模式，高考分数占比 60%，自主测试成绩占 30%，高中课业成绩占比 10%。

南方科技大学的“清流”之风，让人眼前一亮。位于深圳这座特殊的城市，其改革的象征意义被放大，各方期待南科大能成为高校改革的试验样本。但要看到，南科大的任何改革措施，离不开中国国情与时代背景。正因如此，其一举一动的社会评价呈两极化，有人说好，有人批评。

有人说，这里是培养科学家的地方。目前，2012 级学生中，有 168 名顺利毕业，其中 67 人获得海外博士的攻读机会。这个成绩，很多国内一流大学都比不过。当然，也有用人单位不熟悉南科大，有毕业生在网上吐槽，“到一个单位面试时，居然质疑我们学校是野鸡大学”。

南方科技大学显然还没到功成名就的时候，就如一个产品，或有先进的理念、新颖的设计，能否被市场接受，还需要时间。十年树木，百年树人，南科大的成与败，不是一两届学生所能确定的。

被认为是“野鸡大学”不足为奇。近年一些高校以改名为能事，不断“升级”，冠以“科技大学”的多如牛毛。近日，位于山东的滨州学院发布一则信息，拟更名为山东航空学院，网友说，这名字改得要逆天了。有统计表明，近 10 年来，全国近 2000 所高校中，有近一半改过名字。

南科大被误认为“野鸡大学”，反映出就业市场对高校功利化、浮躁化的警惕，你光鲜的名号已唬不了人。是骡子是马，得牵出来遛遛。所以，南科大也好，其他名字响亮的大学也好，是不是“野鸡”，还要看下的蛋成色如何。即你的学生，到底有无真才实学，你的科研与教学，能否胜人一筹。

正如“西太平洋大学”与哈佛大学，都有“自主招生权，自授文凭权”，但教学质量的差别让文凭的价值有着天壤之别。

南科大不会因其校名，或漂亮的改革名声，自动获得市场的通行证。它最终还是要靠实力说话，可能需要几代人的奋斗，才能获得普遍认可。对南科大，不必寄望过高，也不必定论过早。如果它最终不能免俗，重复国内高校的路数，即便跻身国内一流高校方阵，其意义也会打个折扣。

被寄予改革厚望的南科大，仍须持续探索努力。如果急功近利，耐不住寂寞，沦为“野鸡”也并非不可能。

（《中国青年报》2016 年 6 月 23 日）

靠卖萌秀不出大学的高颜值

武汉大学官方微博微信公布了该校今年录取通知书的图片，有网友发帖称该录取通知书与中国人民大学去年的撞脸，在字体、图案元素、整体风格上都存在一定的雷同，甚至有抄袭人大创意之嫌。目前，两校一些校友各自为母校辩护，尚未见校方说法。(《长江日报》2015 年 7 月 28 日)

想当年，几乎所有高校的录取通知书都是白纸黑字加盖印章而已。在如今张扬个性的时代，录取通知书方寸之间大秀才艺，有文艺范的，有古典味的，有卡通类的，对新生们还真是分惊喜。

多家媒体报道显示：2011 年，中山大学开始将该校陈炜湛教授亲笔书写的篆体字“录取通知书”印在封面上，纪念价值颇足；陕西师范大学组织 20 多名退休老师，义务用毛笔手写本科新生录取通知书，不仅流淌着传统文化的韵味，更饱蘸着退休老师所代表的全体教职员工的厚望；北大的录取通知书则附赠游戏卡《北大英雄》，包含课堂学习、课外活动、恋爱、考试等不同任务，新生可在全数字模拟的校园中进行角色扮演；今年的清华大学录取通知书则“附赠”路遥名作《平凡的世界》，“希望理工科学生也能有浪漫情怀，感受不平凡的人生”。

字是门楼书是屋，国人自古就讲究门面，一举一动都关乎面子，所以要做足功夫。大学录取通知书，承载着给学生的第一印象，大做其文章也未尝不可。大学之所以让人向往，就在于其学问之大，让新生如好奇的孩子一样，不远千里万里地来探秘，可以任意地想象奔跑，追逐自己的梦想，千回百转而不后悔、不腻味。因此，更重要的，是要让带着新奇与激动前来报到的新生们不枉度大学四年。

大道至简，一纸录取通知书，追求新颖、别致诚然不错，若简简单单，也未必就输了同行。面子靠什么撑，说到底，要靠学问、靠大师、靠科研创新的里子来彰显，这道理，各大学不是不懂，可一浮躁起来，急功近利激情四射，不去比谁能沉得住气耐得住寂寞，而热衷于在台面上耍花枪。我们的很多大学，这些年，在面子上没少下力气花银子，建大楼，修门楼，改名字，招生大战，排名大战，哪一项都不甘落后，这些大学如戏园子，唱念做打不消停，好不热闹。

重表轻里，图名轻实，是一些高校挥之不去的癖好，你卖萌来我发呆，以至饥不择食，说好的创意，常闹出抄袭的穿帮镜头来。前不久，为迎接110周年校庆，复旦大学发布了新版官方宣传片，随后被指与国外某大学的宣传片高度相似，网友讽道，这哪是抄袭，是直接翻拍的嘛。如今，武大一纸录取通知书，又触动创新与抄袭的敏感神经。其实呢，这都是些无关宏旨的表面文章，即便撞脸，也不算太丢脸，跟撞衫没多大差别，虽然观感不佳，比抄袭论文的节操还是强些吧。

仅靠卖萌秀不出大学的高颜值，南昌大学的简称叫不叫“南大”，北方某某大学叫不叫“北大”，其实都不是关键性问题。大学不是商品，我就不相信，我们的大学靠模仿能浑水摸鱼，“小夭鹅”能比“小天鹅”飞得更远？如果大学里的“娃哈哈”害怕“娃恰恰”，只能说是自身实力不够。要想让人眼前一亮，东施效颦是不可取的，虽说“三分人才七分打扮”，要想让人一见即惊为天人，还须天生丽质，不断加强自身修为。大学校长们，你们说是不是这个理儿？

（《中国青年报》2015年7月29日）

阳澄湖大闸蟹也爱起国来了

中秋节、国庆节临近，天价月饼市场再现回头之势，以礼品卡、礼品券等形式藏身电商这一线上销售的新渠道；阳澄湖大闸蟹的礼品券也从400元到3000多元不等，上面还印有社会主义核心价值观，不同价位的礼品券上印有不同标语，最贵的“至尊级”价值3698元，可领取10只螃蟹，印着“爱国——国家兴亡，匹夫有责”。（中国广播网2015年8月26日）

这看起来有些滑稽，不要以为阳澄湖大闸蟹也通人性，讲起政治来，变得爱国忧民，寓教于吃。据介绍，预售卡备案是由商务部门颁发的，这样做是为了讨好一些政府部门，以符合当下形势，让销售更加方便。谁都知道，在中央厉行八项规定和勤俭节约精神的语境下，当下是集中反对奢侈浪费反对腐败的，大闸蟹的经销商一方面主攻政府市场，销售标语大多是“螃蟹送领导，马到成功”，自称各大企事业单位是其主要销售对象；另一方面，又在螃蟹礼品券上印上政府部门喜欢的核心价值观，以为可以凭此讨好政府部门，殊不知，这纯系掩耳盗铃，换个马甲的腐败还是腐败嘛。

不管是哪种商品，它本无原罪，但如果在使用动机上不纯，明明是在迎合、助长送礼歪风，哪怕印上“反腐倡廉，匹夫有责”字样，把大闸蟹的形象做得跟反腐台历、廉政卡片一样清纯、可爱，也仍然掩盖不了腐败推手的本质，因为它的背后是天价，是腐蚀，促销标语再动听再漂亮，也还是与当下的反腐大势背道而驰的。以为打上几个流行的政治口号与标语，就能堂而皇之进入公务消费渠道，再玩公款送礼吃喝的老把戏，如此欲盖弥彰，这分明是没有认清形势，不识时务。在反腐高压之下，我就不相信有领导还敢于笑纳披着核心价值观口号外衣的礼品蟹，这样的大闸蟹分明是授人以柄，拿着烫手，食之如鲠在喉，它还能爬到哪里去，只能是博人一笑，黑色幽默而已。

中央八项规定实施以来，多少高消费行业已返璞归真，重新洗牌，迎来新生。比如，高档餐饮做起盒饭生意，五星级酒店摘掉牌子，在告别奢侈浪费后，一样找到新出路。在高端白酒的调整中，在公务消费受抑制后，飞天茅台之类的价格遭腰斩，茅台等高端白酒转而以较为亲民的价格，渐渐在民间消费市场站稳脚跟，已有走出行业低谷之势。这些都是前车之鉴，阳澄湖大闸蟹真要食人间烟火，那就老老实实回归民间消费，在藏獒身价已不如土狗、红木家具亦风光不再的当下，阳澄湖大闸蟹商家若仍执迷不悟，仍存幻想，欲以天价礼券硬闯高档礼品市场，又能横行几时？

阳澄湖大闸蟹之类商品真正应该具有的核心价值观，就是痛别畸形的销售与消费模式，从高端礼品市场上下来，回归百姓餐桌，让大众市场给出一个合理价位，而不是去靠迎合政府官员来获得灰色利润。虽然现在还有一些人继续以更为隐蔽的方式如通过网络来大行职位腐败，殊不知，如今，网络是最隐蔽的也是最透明的——大数据之下，一切都无可遁形，无论是送礼的还是收礼的，最好还是悠着点。无论是大闸蟹还是天价月饼，实在不必继续耍小聪明，反腐大势已不可挡，高端礼品的套路玩得再深，也注定会自作自受自尝苦果。

（《中国青年报》2015 年 9 月 7 日）

老师转行当警察，不妨乐见其成

甘肃会宁因盛产高考状元而被誉为“状元县”，每年都有一大批学子考上重点大学，年轻人也为能当上一名人民教师而骄傲。去年 11 月启动的一次招录警察的计划，却引得大批基层教师离岗，全县总共招录 189 名警察，其中有 171 名来自教育行业。(《中国青年报》2015 年 8 月 12 日)

老师跳槽从警，很大程度上有关待遇与地位。警察行业有各种津贴，工资水平普遍比其他行业高一些，而且当警察也被认为“有气势，是男人应该干的工作”。很难说警察行业就没有教师行业辛苦，常言道“行行饭难吃，条条蛇咬人”，警察的工作付出的努力一点也不比其他行业少，高收益背后往往是高风险。会宁县这么多老师跳槽从警，或许是因为在一些老师看来，当警察能多些收入，在社会上也更体面，两苦相较取其所值吧。

“老师苦教、学生苦读、家庭苦供”，这样的教育生态在一些贫困艰苦地区是常态，要想靠知识改变命运，唯有苦中求进。老师们选择坚守，很是不易，他们中的一些人有机会转行，于其个人而言，是值得祝贺的事情。笔者青少年时期所师从过的老师，如今转行的不在少数，有当警察的，有当公务员的，进城后的生活一般比原来在山沟里要滋润得多。

好的老师对学生而言真的是可遇不可求的贵人。城里拼命地择校，还不就是为了择一个优质的教育资源，其中就包括对老师的选择；在贫困地区，基本上择无可择，办学条件都是差不多的简陋，师资力量也都差不多的薄弱。我当年就读的小学，附近一名村妇兼职民办老师，代课一代 30 多年，如今仍然只有她在那坚守，分配来的有编制的老师根本待不住。

大批教师从警，虽然按照会宁县有关方面的说法，骨干并没有流失，但对当地教育行业显然是个损失。也很难说，优秀人才就该从教而不该去其他岗位。留住一个好老师与留住好警察其实同等重要，各行各业都需要高素质人才，只有这样才能运转有序。“按照人口比例，会宁警察的比例在白银是最低的，这已经不适应公安工作的需求”，这个说法是客观现实，大量有学识的教师充实到当地公安部门，这对公安工作也是一个支持与利好，对群众的安居乐业同样重要，不妨乐见其成。

在贫困艰苦地区，不仅是教师，各行各业都是人才外流，各行各业都需要补充力量。据媒体公开报道，放眼全国，人口净流出省达17个，基本上是从经济欠发达地区流向经济发达地区。经济越落后，人口越流出，反过来又影响当地经济与各项事业的发展。会宁县的教师从警，充其量是一种内部调剂，好歹肥水没流外人田，就随他们去吧。

基层公务员辞职，人们惊呼，留不住公务员，待遇太低；教师辞职，又惊呼，留不住教师，待遇太低……要改变这种此起彼伏的流失潮，重要的是改变整个基层的生存状态，只有这样才不会拆东墙补西墙，按下葫芦起了瓢。而这，有赖于经济发展，也有赖于基层收入的普涨普惠，光靠提高某个行业某种岗位的待遇仍解决不了根本问题。

（《中国青年报》2015年8月13日）

华科大泼水节，一场无谓的茶壶波澜

连日来，华中科技大学“泼水节”成了网上持续发酵的话题，有人认为“攻占”女生楼、互相泼水、堵门等行为是一种集体性骚扰；也有师生跳出来辩解，自称是欢乐祥和的，充分尊重了女生权利，没有任何强人所难与不敬之处；更有高论醍醐灌顶，校园人文环境的蛮荒与压抑，让理工宅男的面孔上写着笨拙与幼稚，可怜与可悲。因为大学里的性别隔离，即女生宿舍不许男生进，阻断了男女交往与相互了解，给欲望的饥渴升压，才有了狂欢下的宣泄。(《新京报》2015 年 11 月 2 日)

子非鱼，安知鱼之乐？华科大“泼水节”是快乐还是快感，即便亲身参与者，也感受不一，硬要一把尺子量到底，来个定性或上纲上线，实无必要。“泼水节”的是非曲直，一言难尽，在此不论，只想说的是，这本是一场无谓的茶壶里的波澜，制造这个话题的本身，比“泼水节”更显寂寞与无聊。

“泼水节”是什么时候的事？据称始于 2006 年，因为一位大一学生向楼下的学生泼了水，还受到了批评，后来则演变成了学校一年一度的狂欢节。参加毕业晚会后在校园游行、挥院旗、喊口号、泼水，成为华科大学生的人生记忆。“泼水节”是一项毕业纪念活动，现在都是开学两个月了，而 2015 年校方取消了“泼水节”。关于“泼水节”的撩骚，显然并非针对最近发生的事。实际上，此讨论源于 2013 年的一则网贴，早已不是新闻。

华科大“泼水节”在这个秋天突然蹿红成了话题，本身就显得怪异，不能不说，这与一些网络媒体惯于没事找事制造噱头有关。网上经常有些无厘头的新闻，耸人听闻，点开一看，即是多年前的事，这种现象在微博与微信朋友圈里较为常见，一些网络论坛与资讯里，也爱玩这把戏。为了吸引眼球博流量，新闻不够，旧闻来凑，将陈年往事拦头去尾，搞个标题党来忽悠人。比如，11 月 2 日的一些网站就出现一条蛮雷人的新闻，26 岁小伙恋上 62 岁老太，老太不堪管得太紧离家出走。点开一看，新闻的 5 个要素都不齐全，没法证实。再上网一百度，2014 年、2015 年初都有类似报道，还是讲述体，是故事还是新闻，谁知道呢。一些网络新闻的没节操，由此可见一斑。

长恨人心不如水，平地无事起波澜，对华科大来说，这“泼水节”的新闻莫过于此。讨论华科大“泼水节”，更要好好讨论下一些网络的无事生非伎俩。新闻，当是新近发生或发现的事实报道，不能为了吸引眼球，违背基本的准则与伦理，将些陈年旧事甚至子虚乌有的事情拿来炒作，浪费大家表情。为一己之私投机取巧，哗众取宠制造自家网络流量的狂欢，跟没头没脑泼水于人制造骚扰有何区别。华科大“泼水节”早已取消，并不是正在发生的事，皮之不存，口水一通有何现实意义？对网上这类不道德的新闻骚扰，也当规范禁止为好。

（红网 2015 年 11 月 3 日）

久病的教授床前，武大该如何“尽孝”*

武大与病重教授张在元终止合同一事，引起嘘声一片，让这所百年名校继两高官涉嫌腐败后，再次成了众矢之的。

在“病危”的教授床前，而且是当着“不能言语、靠呼吸机维生的”患者之面宣布终止聘用合同，停止提供医疗费和住房。这样的场景怎么看好像都不近人情，残忍冷酷了一些。况且，这位教授还是一院之长，钱学森的好友，有如此江湖地位的学者晚景“凄凉”如斯，自然引发关注，让人义愤于胸。

但细观事情的来龙去脉，拔开人物身份带给我们的晕轮效应，此事更多的是让人感到苦涩与无奈。

武大是2005年与张在元签订的合同，明确约定薪酬中已包含医疗保险等费用，不享受校内教职工住房及公费医疗等福利。这是双方签约时就已是愿打愿挨的事，从法律上讲，张在元理应对以后的医疗问题“后果自负”，并概括承受。不幸的是，2006年起，张在元就病了，果然得尴尬面对那份薪酬埋下的医疗风险。

实事求是，签了4年的合同，差不多有3年“长期不能在岗工作”，但学校仍旧按原合同约定继续发放薪酬用于其医疗和家属生活。在合同期满后，因被聘方不能按约工作，按规定终止合同于法于理都说得通。截至2009年10月，学校除补贴16.5万元用于治疗外，已经垫付医疗费用68.6余万元。校方也不能说没有尽责。

不难想象，武大在作出这一决定时，是经过了怎样的思想斗争，要不然，也不会“派了人事、组织、学院、校医院4个方面的人来过”，这隆重的阵势无非是想做得无懈可击。

诚然，从道义上讲，武大可以继续关怀，但对这样的重病号，除了不再

---

* 本文原题：医保缺失让武大难演孝子的帽子戏法。

续约，并没有多少好的选择。不知张在元教授办了医保没有，而目前的医保往往是保小不保大，高费用的要命大病通常不在保障之列，在这样的现实语境中，无论是武大，还是其他法人单位，或是作为自然人的我们，在面临员工、亲人身陷重症大病的困境时，都难言做一个人所称道的久病床前的好孝子。这样的人间悲情其实经常在上演，面对情理法的冲突，治，还是不治，救，还是不救，很多人都面临过痛苦的心灵挣扎。

看病贵不除，面对天价医疗的无底洞，任何一个重病号都会是一个经济与精神的大包袱，让承担义务者不堪折磨。武大可以对张教授将爱心进行到底，博一个“孝子”的美名，但却无法上演这顶“孝子”的帽子戏法。因为面对类似的李教授、王教授，又如何一而再，再而三地善始善终？

坦白地说，只不过这次的主人公身份特殊，如果是一位普通员工，签了4年的合同却病了3年，武大管了3年，患者说不定感激不尽呢，媒体也会当作“有情操作”的劳资佳话来报道。

至于院长也是聘用制，纯粹是与主题不沾边的牢骚话。在事业单位全员聘用的今天，不是院长该不该捧泥饭碗的问题，而是如何让摆脱“单位人”的“社会人”在养老、看病上都有相应的医保、社保来保障。这才是张在元这个案例给我们应有的启示。

（《南方都市报》2009年11月18日）

原来对“精神病”访民是可以道歉的*

英国首相、工党领导人布朗，在一次拉票活动中私下称一位选民为“偏执的女人”，被传出后引起轩然大波，不得不登门道歉，以静待事件平息。（国际在线2010年4月29日）

事情是这样的，28日，布朗在同罗奇代尔市民众交流时，一名叫达菲的66岁选民对工党多项政策提出质疑，他耐心作了解释，并表示感谢。刚声称“很高兴见到你”的布朗，随后对随行人员大吐苦水，说刚才的对话简直是场灾难，并责怪不该让这样的选民出现在面前。“该问的都问了！她是个偏执的女人，还说是工党支持者，真是可笑。”由于布朗忘记关闭身上佩戴的电视直播麦克风，私话当即“走漏”，后果可想而知。

这样的情景让人很熟悉，看不出是在域外，原来，布朗同国内的一些官员一样，对“访民”的真实态度并没什么不同：喋喋不休质疑政府者是刁民；不依不饶提意见的属“偏执”精神病；群众是不应该刁难干部的；领导不可以接见刁民，下属没将“上访”者拦在大驾之外，听任对方“拦轿喊冤”是失职行为。

由布朗的私下对话，不难想象时下一些官员对待上访者的权力傲慢逻辑——九五之尊的领袖怎能与访民枉费口舌而蒙受被人抢白的“对话灾难”？

不同的是，布朗的抱怨只能私下与随从吐露而已。表面上，他对“访民”还得客客气气，认真回答并致感谢云云。而且，视访民为精神病也只能是见不得光的“阴暗”心理，不能公然摆到台面上的，更不能殴打或拘捕。英国《独立报》的评论员说，其他党派领导人在私底下肯定也会对选民表示不满，但是布朗的私下言论却被播出了，对于本党来说是“灾难性”的。这个灾难，就在于会影响选票，影响位子，布朗不得不为此紧急灭火，又是解释又是前往达菲家道歉。

---

* 本文原题：傲慢之下的谦卑。

反观国内的一些官员，不仅可以在公共场合公然藐视蔑视民众的诉求，就是“阴暗”的言行被媒体曝光了，仍振振有词，大言不惭，说谁是精神病就是精神病，说抓就抓了，感受不到任何“灾难性”的后果，何曾有人为此道过歉？何曾有人为此反省羞愧过？这种敢于将可耻当光荣的大无畏精神，就在于他将权力官位视作是上级授予而非源于人民，所以只接受上级监督而不是群众的监督。也就只有在上级责令后，才会辞职以谢过失，只有在上级批示后，才会纠正狂妄之举。

权力让人傲慢，于中外并无不同。但感受到权力有制约，傲慢之下就还懂得谦卑，哪怕是不情愿地假装低一下头，总还可以让人顺顺气。同是“精神病”论背后大异其趣的态度，反映出权力边界的大小，令人掩卷而思。

（《华西都市报》2010 年 4 月 30 日）

什么样的“微服私访”才能打动人心

1月7日，河南省委书记卢展工来到焦作市人力资源市场调研时，即兴求职，向一家广告公司应聘工作人员，被对方以“年龄过大”拒绝。卢展工感慨地说，40岁以上找工作很难，50岁以上就更难，要多关心“4050”人员就业问题。(《河南日报》2010年1月8日)

卢展工亲身体验求职难，指示要广辟渠道，提供更多岗位，最大限度地满足群众的就业需求。此举引起网友称赞，“官员们应该更多地走出办公室，走出小轿车，了解一下秘书报告之外的民间疾苦和社会真相”。

由于微服私访对官员的亲民形象具有一定的加分作用，一些官员也似乎乐于此道，常见骑车上班考察交通，或到市场问问菜价，坐公汽出行之类。坦率地说，有的私访流于形式。比如，公汽上的乘客几乎都是陪同的官员所扮，沿途还交通管制，体验出的收获就是：公共交通很便捷嘛。这种事先设计线路、情节的微服考察，不过是做做样子，例行公事的“公访”、假访，是摸不到真实情况，得不出真实结论的。看似关心群众，却有作秀之嫌，赚取眼球而已。

温总理偶遇白血病患儿伸手相救、帮三峡库区农民讨工钱，吴官正暗访武汉港十五码头挨骂，都是比较经典的微服私访。因为是真正深入群众，发现的问题较为典型，切中时弊，既促成具体问题的解决，又催生制度上的设计，收到四两拨千斤之效。这样的私访也就很受群众欢迎，深为群众所期待。

诚如安徽省委书记王金山所言，解决问题是最终目的，要“带着感情、带着负责任的态度”去进行，就热点难点焦点作切实的调查研究，并拿出思路办法来，而不是简单地走一走看一看，表表态却不算。

只要是察真情，道实情，无论是微服还是官服，私访还是公访，都能打动人心。如果装模作样，检查工作时有美女解说，学生唱赞美诗，再标榜“我们局长非常亲民爱民”，也只会徒添民怨、民庆。

(《珠江晚报》2010年1月11日)

“社会问题”让富士康受苦啦

13日下午，深圳市总工会公布富士康员工坠楼事件的调查结果，副主席王同信称，坠楼事件所涉员工均为“80后”“90后”，在适应社会、处理情感问题方面缺少经验，这属于社会问题。（《广州日报》2010年4月14日）

是什么样的“社会问题”这么严重，以致自2010年1月下旬开始，接连发生6起员工坠楼事件？王同信没有具体分析，笔者根据近期的报道，试图寻出一鳞半爪，以供方家研究。

薪酬不合理是社会问题？“富士康的员工其实在内心都有一种不平衡，那就是我们生产的是全世界最好的产品，但是却拿着差不多最低的待遇。”对此，富士康媒体办主任刘坤说，“其实中国都是这样的，生产最好的产品，拿着最低的代工费用，这种关系是传递的。”（《21世纪经济报道》2010年4月12日）原来，处于利润低端环节的工厂本身都是赚辛苦钱，羊毛出在羊身上，就别指望资方克己复礼，厚报员工啦。

工伤是社会问题？据报道，工伤是让部分富士康员工承受较大精神压力的因素。在机箱冲压车间，“一不留神就可能断手，2009年就发生了多次工伤事故”。要说断指，真可不是新闻，曾有统计称，珠三角地区一年有4万根手指被轧掉。富士康又何以独善其身，这事就不要扯了。

安检是“社会问题”？据报道，富士康等级制度森严，新干班成员在下生产线实习时，会像作业员一样被主管“检阅”。2009年7月16日孙丹勇的跳楼，被称为一部手机引发的血案。起因是富士康观澜科技园区发现苹果样机丢失，孙丹勇作为样机的经手人，被列为重点调查对象。（《南方周末》2009年7月30日）刻薄的安检是有伤自尊，可员工遭搜身的比比皆是，典型的“社会问题”嘛，非富士康之罪也。

加班是“社会问题”？富士康的普工证实，不加班是赚不到钱的，因为底薪比较低。（《南方日报》2010年4月14日）但是，“很多公司都要加班”。相比众多血汗工厂，“虽然工资都差不多，富士康还是相对规范一些”。

至于管理方面的漏洞，区区细节，何足挂齿。官员都压力大，动不动寻短见了，各行各业都有累死的。富士康又不是世外桃源，何德何能，岂可不受“社会问题”牵连？

当然不能苛求富士康以道德楷模之姿去营造一方乐土，只是面对自我意识较强的新群体，面对上述每一个都可能成为压垮员工稻草的“社会问题”，富士康又拿什么来让他们以青春去赌企业的明天？

在孙丹勇事件后，苹果公司在香港的发言人说：“我们要求我们的供应商有尊严地、尊敬地对待所有的员工。”实乃醒世恒言，再多的“社会问题”，其实都源于尊严的缺失。把人当人看，从生而平等的角度“视员工为第一宝贵财富”，而不仅是赚取利润的机器，才是一系列问题的解决之道。

企业的道德因子，不仅是生产出合格的产品，也包括以道德的责任感来善待员工。富士康的坠楼事件或源于“社会问题”，而若能摆脱“社会问题”的同化之苦，独行以人为本的康庄大道，那才是名副其实的“富士康”。

（《中国青年报》2010 年 4 月 15 日）

乡长茶杯背后的浑水有多深

时下的一些官员真是牛，刚有宁河县教育局党委书记一针见血解读拆迁的天命不可违：在中国，你说不拆，肯定把你拆了，这就是我们为什么在全世界牛掰。

22日，河南睢县一农民找乡长反映拆迁征地补偿的事，因欲拿乡长水杯喝水起了冲突，导致被拘留7日。乡长之威，何其牛掰。（《新京报》2010年3月25日）

教育局书记并非本身有多牛，因为站得高看得远的缘故，深知拆迁潮流浩浩荡荡势不可挡，因而做治下教师的工作时，用自己的所闻所感对拆迁大势一言蔽之，劝属下不要以卵击石自取灭亡，大义凛然处，护犊之情溢于言表。

河南睢县的故事，不正好印证了教育局书记的逆耳忠言与所见英明么：普天之下，莫非王土，一个小老百姓，跟官家较什么劲，看看怎么收拾你。要不然，咱中国还叫牛掰?

看起来，村民不懂规矩，乡长阻止其拿杯子是从个人卫生角度出发，因不善应对而酿成风波。实际上，是政府与开发商合谋侵犯了群众的利益、深层次官民矛盾的纠结所致。

如果是上级领导要用茶杯，乡长一定是欲拒还迎，幸与荣焉的：领导没拿咱当外人，得赶紧谢主隆恩啊。感激涕零，乐效犬马之劳是自不必说的。

若是其他客人误拿乡长的杯具，他一定也会和颜悦色地解释，并另奉茶水以待，断然不会发生冲突的。一个30多岁的乡长，不会对为人之道如此浑噩。

之所以与村民一触即发，在乡长看来，这位老伯或乃不速之客，来者不善。据报道，乡政府三年前征用了来访村民的耕地，承诺每亩给2万元补偿，但3年没兑现。几位农民于是来讨要。本有几分戒备的乡长大人自觉事态严重，若不搞掂，“没有办法在这个地方干下去”。

都说官民鱼水情深，何至如仇寇，“如果是老百姓之间，这类小纠纷就算了”，换做官与民之间，竟至不能原谅，并上升到没法混的大是大非高度？不可思议！

小纠纷背后是大问题。因为村民反映那块地被用作房地产开发，要阻止打桩。所以，拿乡长的杯子是小，犯我官员颜面是大，简直是咆哮公堂，藐视衙门，反了反了。

如此冒犯上下尊卑的体统，此风不可长啊，若不弑一儆百，打掉苗头，任由草民犯上作乱，乡长官威不能浩荡于斯，那还不是商无宁日，官无宁日，则我之中国，还有何牛掰之处？

其实，最牛的还不是乡长，他只是打电话报警，因循了政府有事找警察的俗套，而出警的居然就偏向乡长一方，将村民给拘了，还是人民的警察吗？法理何在？

乡长的茶杯盛着不容打翻的权力之醋，权力的醋劲泼劲有多大，茶杯闹出的风暴就有多大。每一起雷事的背后，总有惊人的秘密。有关方面不妨顺着茶杯的风波查一查，看看里面的浑水有多深？

（《中国青年报》2010 年 3 月 26 日）

公益被当猴耍　饿死老虎成必然

沈阳森林野生动物园被曝有11只老虎死亡，惊动各方。初看上去，与园方经营不善有关，经济拮据状况下，人虎争食，将原本用于喂养老虎的拨款挪作他用。实际上，这是把老虎当猴耍的利益驱动下的必然悲剧。

发生老虎的非正常死亡事故，沈阳不是第一个，也不会是最后一个。2007年底，一只东北虎在湖北宜昌三峡森林野生动物世界被杀害，案发前，已有7只老虎死亡，其中3只是因为饥饿致死，另外4只则死于打架或生病（CCTV《第一时间》2007年12月27日）。中国林科院野生动物保护首席专家楚国中说，投资野生动物园曾呈一窝蜂状态，我国已建立野生动物园80多家，有的一地就有3家以上，武汉的大型动物园一度激增至7家。而有数据表明，美国这样的动物园只有10家。

这些野生动物园多是民营资本介入，以追逐利润为目的，在恶性竞争中，已失去保护、科研的本来意义，只有“开发利用”。为赚钱，不仅建设上因陋就简，一些动物园还无所不用其极揽客，如活体喂食、动物表演等危险性项目层出不穷，动物园成了马戏团，跟街上耍猴把戏的差不多。动物福利得不到保障，安全也没有保证，咬死管理员或游客的悲剧不断发生。去年11月13日，沈阳野生动物园就发生一起老虎伤人事件，伤人的两只老虎被营救人员击伤后死亡。可这不是意外的结束，而是噩梦的开始，随后的封园整改期间，居然接连死了11只老虎。

动物园本是一项公益事业，奇怪的是，一些地方为了让野生动物园生存下去，竟将收入状况良好的国有动物园划归入不敷出的民营动物园，个中玄机耐人寻味。

如作为重要招商引资项目的昆明野生动物园，营业仅12天便因秩序混乱、动物死亡而发布了停业整顿公告。经营了51年的昆明动物园，每年上缴的利税并不菲，经营得挺好，政府却一度要关掉它。沈阳的这家野生动物园也是将原来的沈阳动物园给吞并了，老园以动物入股，占15%股份。

中科院院士吴良镛等4位专家曾呼吁："城市动物园是一项社会公益事业，是一座城市具有生命力的博物馆，向市民特别是青少年开展科学技术普及教育，是动物园的重要功能之一。"可是，为了片面的经济利益，将动物园的公益属性当猴耍，会发生怎样的结果就可想而知了。

类似的将公益与社会责任当猴耍的不仅是动物园，一些地方为"甩包袱"，将原本属于政府道义范围内的事，如教育、医疗等也推向市场，将好端端的公办医院、学校一卖了之，不愿拨款扶持，反而变相从中渔利。江苏如皋市郭园镇一名4岁的幼儿园学童在"校车"上被挤死，园方为了节省费用，雇用的"校车"严重超载。当公益被漠视，只有效益没有责任时，以灾难形式出现的惩罚教训在所难免。

11只老虎之死不仅是园方的责任，那些批准负有监管之职的部门，都应被严加问责。

（《中国青年报》2010年3月16日）

有多少迷茫看客就有多少曹操墓

8 月 21 日，在苏州召开的三国文化论坛上，23 名专家对河南安阳曹操墓再次提出质疑。从“魏武王”石牌到墓葬形制，以及那个提供顺藤摸瓜机会的《鲁潜墓志》，都被言之凿凿指出形迹可疑。河南方面则不甘示弱，对质疑逐条严加驳斥。(《大河报》《扬子晚报》2010 年 8 月 23 日)

所谓世上本无事，庸人自扰之。自从安阳鼓捣出一个“曹操墓”，建展馆、修公路、搞开发，当地政府就忙得不亦乐乎；外人也没闲着，挺曹派倒曹派你方唱罢我登场，没头没脑没结果。我等非考古中人，无法从各执一词中辨别信谁还是不信谁，所能见的是曹墓之争无关真假，有关地方利益。

墓里有没有曹操并不是个问题。从名人之争的恶俗来看，不管荒唐还是可笑，只要有坚牙利齿就行，谎言不断重复，最后总能达到既成事实之目的。争名人的也未必在乎真假，只要有个噱头就行，跟股市里安个概念差不多，借题材炒作一把获利后，哪管一地鸡毛。

我们刚刚将缙云山的李一请下神坛，并奇怪于这么一个“法术”并不高明之徒，何以“得道成仙”，被硬生生给捧上了天。其实，这世上原本就没有骗子，假冒伪劣能大行其道，无非有市场需求，故弄玄虚者意不在此，上当者也是另怀鬼胎，一个图便宜一个要卖乖，你来我往的心照不宣间成就了灰色的江湖。酒不醉人人自醉，如此而已。

曹操墓也好，李一也好，其他伪大师或是名人古迹也罢，所起的都是这种让人麻醉的酒精作用。太多的苦难无处克服，太多的郁结无处纾解，太多的不安无从释放，太多的愿望无从实现，于是需要一个符号一个图腾来让灵魂得到寄托。这就是为什么在安放真身的大墓之外，还有那么多的衣冠冢，那么多的雕像，那么多的神龛。心理学中有“空椅效应”，即咨询者对着一把空椅子可以无限想象，想着上面坐的是谁就是谁，然后可以对假设的对象尽情表达，让情绪得到释放。从某个方面而言，人们缺乏可以指点迷津可以引导人生的信仰，到处求仙访古也是寻找这把椅子而已。

我们可以厌烦无休无止的名人故里之争，可以切齿周老虎之类的明目张胆骗局，可以诧异于张悟本、李一的呼风唤雨，或可以正色要求曹操墓须给一个科学的说法明示于众。但我们阻止不了妖言惑众的前赴后继，就像阻止不了传销的绝迹一样。因为有那些懵懂、寻求庇护的人群，就有超出现实之外的“救难者”面目出现。

李一迷惑女信众的，就是他宣称能治抑郁，这正是现实中精神类疾病越来越多又难以医治的写照，给他“作法”的空间。不管富人穷人，都希望延年益寿，于是有了形形色色的养生术滋生疯长。“社会公众对曹操高陵的观光旅游需求强烈，以参观考察、学习旅游等为目的的海内外游客纷至沓来，预计年客流量将超过10万人次。”这就是现实，管他是真是假，有热闹的地方先瞧瞧再说。中国从来不缺这种看客与看客文化，也不乏以攀龙附凤为荣，哪怕是到名人的坟头踩个脚印也是荣幸之至。

能说什么呢？无论安阳打曹操的主意是蓄谋已久还是灵机一动，傍上曹操就是傍上了名人大款，于政绩与圈钱都吃不了亏。这种买卖不做白不做，在以成功论英雄的世道，有见风使舵而喝彩的势利人心，斥责投机已没有意义。曹操墓纵然造假又咋的，能阻止千人万人争往的窥探欲？

我们需要反省的是精神世界何以如此缥缈，在没有方向感中失去了坚定与淡定，能被“卖拐者”一次次的忽悠。也许该做的，是给自己的心灵设定一把可以述说的椅子，让装神弄鬼者无法牵着咱在世间游走。

（《中国青年报》2010年8月24日）

万人寿宴不过是“扩招”的施粥秀

8日上午，重庆璧山县薛家庄出现一场万人赴寿宴的人间奇景。据《重庆时报》报道，是一位曾在福布斯上榜的富豪，为给80岁的母亲过生日，广撒英雄帖，摆了400多桌的筵席。

舆论是一边倒的指责，被认为是显摆，炫富，甚至直指政府部门出面维持秩序是

公权力的介入，是财富俘虏了特权。

笔者将新闻细细拜读，左看右看，好像看不出有这么严重的问题。

要说，万人寿宴是有点打眼，按财不露白的古训，有钱了也该低调低调再低调，尤其是社会还存在仇富的土壤时，稍有张扬之举就有可能如星星之火点燃了仇富的离离原上草，搞得没完没了。这位孝子为何想不到这些，或是想到了却不怕被唾沫所淹，而顶风而上，大肆摆阔？

笔者以为，这场万人寿宴不过是一次“扩招”的施粥秀。

其一，这是一场乡愿之旅。光宗耀祖是中国人的传统思想，富不还乡，如锦衣夜行。薛家公子在外打拼发了财，趁着母亲大人过生日的机会，回乡大宴宾客，想必跟刘邦做了汉高祖，回沛县请乡亲们喝酒是一个事儿——以慰平生之愿也。光宗耀祖是有点过时，属封建残余之列，不可否认的是，这却是相当一部分人的生活动力。人生在世，济不了天下，便为上为下，为列祖列宗为子孙后代豁出去拼尽一生的豪情，也并无过错。

其二，这是一场慈善之宴。请柬上说得清清楚楚，只请客，不收礼。交通工具自备，有点请你看露天电影，自带小板凳的味道。而且，筵席只有中午一餐——还是一切从简嘛。没收到请柬的也可参加吃请，就是上不了正席，吃自助餐。这有点类似施粥的行为。只不过“施粥”的由头是慈母的生日。报道也说了，赴宴的五保户还得到了寿星派发的红包。人家薛大爷以前是镇领导，退休后常有捐资助学之举。可见，这一家还是有慈善之心的。怎么说，自费掏钱请乡邻吃饭，总比一些干部借大操大办之机敛财为好。

其三，这是一场情感聚会。从早上开始，赶往壁山的车辆突然增多，这些四面八方来的车，成为路上一景。中午这顿饭，杀了100多头猪，450条鱼，蒸笼有10多层。席间又是放鞭又是唱戏，好不热闹。这场景，让人想起武侠小说中的常见情节，某人过生日，来了一大群朋友，如《笑傲江湖》中的五霸岗狂欢。从这方面说，万人寿宴是一次尽兴的情感PARTY，来的也都是薛家朋友。有这么多朋友捧场，也不能说是来给金钱捧场，应与薛家平时的豪爽结交不无关系。总不能说，文人雅士的聚会就是兰亭集之类的佳话，有钱人的聚会就是铜臭味吧。虽然开的车不乏宝马、奔驰，这跟江湖豪客骑着不同的马儿前来是一个道理。读书人谈笑有鸿儒，往来无白丁，有钱人座中毕富豪，也是必然。

其四，这是一场政府的公共服务考验。这也是最为人所诟病的“公权力”介入问题。许多地方本来有规定，请客达到多少桌要报批，“非典”期间对这一点尤其重视，重大节日时这一规定也屡被提及。何也？事关公共卫生安全问题！薛家请这多客，早已超过了报批的标准，主动向政府备案，有关部门高度重视，交警上路维持交通，卫生部门全程对食品安全进行监督，并提供安全保障。所有的一切，都不过是照章办事。人家申报了，这大的动静，政府部门不闻不问，反有不作为的渎职之嫌。发生大面积食物中毒怎么办？厨房失火怎么办？交通受堵怎么办？只要是合规的，不能因为人家的有钱身份，就是政府滥权。公共服务对象本来就不分贵贱。

生日有多种过法，穷人有穷人的搞法，富人有富人的搞法。万人寿宴的“施粥”摊是铺得大了点，从人员与饭菜上都进行了大“扩招”，但其本质仍是一顿不收钱的免费午餐，一次欢乐的PARTY，当作奇观来看好了，毕竟是为80岁的老人暖生，公众的眼光不妨一笑而过，实在不必那么激愤地上纲上线。

（金羊网2009年3月11日）

妖魔化精神病人会让社会失去良知

关于精神病的话题近来此起彼伏，搞得大家紧张兮兮的，有人情急之下，甚至将公安部门维护治安的举措都给误读了。公安部监管局说得明明白白，精神病人没有发生触犯刑法的行为，不得对其采取任何限制自由的措施。（新华网2010年5月28日）

这当让大家吃下定心丸，也即，对普通精神病人是不必多虑的。有精神病患者作案，不等于该群体都是危险分子，并因此如临大敌，可以随便捉将官里去，或关进医院，或充抵杀人犯。对“精神病”过于敏感并非科学的态度。

也许是一种不幸，从小，我就没少接触过精神病患者，但并不感到害怕。要说起来，他们当中也是“文疯子”多，“武疯子”是少数。

上小学时，堂嫂因婚姻问题疯了。别看她总是因幻听症自言自语，见到我们及她的子女时，立马清醒如常，问寒问暖。打工作家王恒绩写过一篇感人的《疯娘》。其实，关于“疯娘”的故事有多个版本，主题只有一个：凡是为儿子做的事，娘一点都不疯。

“疯”子不疯，大多数精神病患者，只是发病时表现失常。诚如专家所言，社会转型期，诱发精神疾病的因素增多。每一个患者，都有一个不幸的诱因，本身值得同情。而从一般心理障碍到严重精神疾患之间，有一段距离。就是酿下惊天血案者，有的在作案前已表现出一定的反常行为，没有得到社会的注意与关爱罢了。

从医学上讲，精神病与胃病、肝病一样，都是人体的某个部位失常，并不神秘，也不应该被歧视。怕的是缺乏对其应有的理解与爱心，缺失对精神病患者的救助机制。如果将精神病人一律视作威胁，妖魔化这个不幸的群体，夸大他们的危害，不仅对精神病人不公平，也让社会失去起码的同情心与良知。

让精神病人得到善待，从某种程度上，也能消解社会的紧张情绪，减少精神疾病的发生。

（《华西都市报》2010年6月1日）

莫怪争名人　只怪人势利

近来，名人故里之争愈演愈烈，按下赵云，又起了二乔、貂蝉，你方唱罢我登场。“如今的名人故里之争，已明确反映在地方政府发展战略层面，不是个案，而是普遍的，具有鲜明的产业规律。”5月15日，青年学者裴钰在接受记者采访时表示。(《中国青年报》2010年5月17日)

争名人成了一项产业，这不得不令人思考。我们可以挑剔地方政府争名人这一下策的急功近利，但要看到，争名人的多是落后地区，它们在自身条件不足且获取资源无门的情况下不得不抱个名人找奶吃。将奇迹寄托在某个人身上，这本身就是困顿的表现。

而名人（无论死的还是活的）效应又确能带来巨大好处。王志到丽江挂职，“只是到云南来的第九批博士服务团成员的1/140，更是从1999年至今的1/919”。就这样一个普普通通的几分之一，因是央视名嘴，一出场即万众瞩目，果然在招商上大显神功：对40亿元龙源发电项目“功不可没”，让松坪乡拿到了高达7000万元的整乡推进项目，找来投资修了好几所希望小学。(《成都商报》2009年10月22日)

王志也致力于“用这张脸换一些真金白银进来”。当前那么多下基层的博士没人关注，独独王志“树大招风”，要风得风，要雨得雨，还不是因为他是名人，自有财眼垂青。争夺黄帝故里的陕西黄陵县，旅游业年均递增27.2%，远远超过其他产业；而赵云故里之争，仅眼球效应就“为临城省了几千万的广告费”。

人以名传，地以人传，占据这一“高地”，就“赢在起跑线上”。有这样的现实，就有依靠名人发迹的盘算。袁隆平成功于湖南，就读于武汉，祖籍在江西德安，于各地都是财神爷。母校武汉四中校庆时，他捐款20万元助学。“九江市有九江学院、德安县、瑞昌市赛湖农场等部门的负责同志不定期走访袁隆平先生，汇报工作，争取支持。”（九江市政府网站2009年4月30日）

不要惊奇于遗臭万年者也吃香，不要哂笑一些基层官员的发展“智商”，其实他们很清楚，在困顿的现实中，这样来钱的希望最快。名人就是资源，就是生产力。

拉名人为发展经济开路，不是某地的悲哀，反映的是落后地区的尴尬现实。2000 年，西部和东部的人均 GDP 相差 7000 元，如今这一差距拉大到了 21000 元。如果落后地区有合适的获取资源的渠道，发展诉求能得到重视，也不至于病急乱投医，将希望寄托在死人身上，甚至拉西门庆这样的污点人物做亲戚。

莫怪争名人，只怪人势利。如果一切按规则行事，大家都唯实不唯虚，不看名人的脸色行事，投资名人要打水漂，谁还去找什么老乡攀什么故里，追逐名人的热潮自会冷却，进而趋于理性，老老实实将精力放在干正事上。

（《中国青年报》2010 年 5 月 19 日）

第四辑

社会情结五味杂陈

每一起新闻事件中的主角，都是某种社会情结的投影，错综复杂，一言难尽，并非某个标签就能界定，是非黑白，靠理性思维从中抽茧剥丝，切莫随人说短长。

“小马云”的幸运应有更多样本

江西省吉安市永丰县的一名8岁儿童范小勤，因长相酷似马云，被曝光后很快成为网红，人称“小马云”。得知孩子家境贫困后，马云表示愿承担其上学费用，供到大学毕业。（澎湃新闻2016年11月13日）

这孩子确实需要来自外界的帮助，其父因蛇咬被截肢而残疾，母亲患小儿麻痹症，“小马云”与他哥哥一直没上学。近来，这家的处境有了改善，上门的人多了起来，兄弟俩已被安排就近读书，当地政府官员前来慰问，民间慈善组织表示每月定期为范家发放贫困物资。范家能得到外界的关心，穷在深山有远亲，当然是值得高兴的事，但这命运的转变，显然是沾了马云的光，搭了马云光环的顺风车。

每一个话题的热度都是有限的，如果各方对范家的关注仅是好奇，顺势刷存在感，这种帮扶能持续多久就不免令人担心。几年前，同样是来自江西的流浪汉程国荣，因独特扮相成为网红，人称“犀利哥”，得到过帮助，也被人利用炒作，还登上T台走秀，光环被消费殆尽后，最终回归平静与贫困。

成为网红容易，走上正常的人生之路并不容易。还只有8岁的“小马云”，需要的是马云那样愿意承担上学费用的真心帮扶，而不是借名人效应，来拍几张照片，看个稀奇，或进行商业化的炒作包装。对“小马云”的关注，请各方少一些套路，多一些真诚，也少一些打扰，多一些静水深流。

不得不说，类似范小勤这样的贫困儿童并不止一个，他们都需要及时得到外界的帮助。如果他们能顺利地接受教育，谁说他们当中，将来不会走出又一个马云式的人才呢？他们当然不能都靠长得像马云这种意外之喜，来得到幸运女神的垂青。每一个贫困孩子，应有更多的机会来扭转命运，这就得靠更多的热心人结对帮扶，也靠政府的精准扶贫来兜底。比如，“小马云”家住的楼房由政府出资建盖，每人每月享有180元低保补助，这才是助力的根本。

和名人撞脸的“小马云”只有一个，贫困儿童却还很多，正如阿里巴巴的回应，“小马云”的背后是沉重的现实，那些未脱贫人群，乡村留守儿童的教育、成长问题，需要唤醒更多的力量，给他们一个敞亮的未来。愿“小马云”被帮助的幸运，能得到更多的复制，写下更多结对帮扶的佳话。

（《楚天都市报》2016 年 11 月 14 日）

跟着马云打开脑洞才不枉一见

马化腾前脚讲完课离开，马云后脚又做客湖北布局互联网 + 。

马云来了，这可不是一般的 IT 男，从曾经的打工仔到如今各地政府的座上宾，这位 IT 财富大佬所到之处，总会卷起旋风。闻名不如相见，能拥抱马云所带来的互联网 + ，当然是一件快乐的事情。这几年，各地公司若能与马云的阿里巴巴 + 上那么一回，扯点关系沾点概念，人气会涨，财富也盼着能涨。马云与湖北签下战略合作协议，无疑将助推智慧湖北建设开创新局面。

马云说，与政府只恋爱，不结婚。保持恋情是愉悦的，精明的马云不会看错对象。湖北得天独厚的区位条件、科教人才资源、中部战略支点和长江经济带等重大国家战略机遇叠加的优势，以及由此产生的 IT 产业巨大辐射能力，正是他所心仪的。这是一次双赢的两情相悦，近年来，湖北抢抓互联网 + 机遇，促进经济转型升级，4G 网络规模全国第三，光电信息、北斗、工业软件等成为湖北新名片，借阿里巴巴芝麻开门，智慧湖北将更加充满想象空间。

好的蓝图，一向纸上得来终觉浅，有赖于现实的俯身躬行。从小米科技的雷军，到腾讯的马化腾，再到阿里巴巴的马云，科技大佬们接踵而来，带给荆楚大地的不仅是合作协议，而是他们不懈创新的脑洞，看他们当不看脸谱不看荷包，看大脑看思维。

多个地方曾自问，为啥咱这出不了马云，而是杭州。有人总结了浙江的若干土壤优势，以他们的经济环境与创富精神，不出马云也会出牛云。不信你看，马云创造了“双十一”购物神话，而承载神话的四大快递公司，全部是浙江桐庐村民的杰作。

啥也不说了，互联网 + 不是随便就能 + 的，用马云们的话，今天残酷，明天残酷，后天才美好。产业第一，企业家老大，在这个全民创富的时代，跟着马云们打开脑洞才是不枉此次相逢。亲，赶紧用创意、创新、创造勇立潮头，去努力打开后天的美好大门吧。

（《楚天都市报》2015 年 11 月 26 日）

不必赋予傅园慧过多的符号意义

奥运会上，我国游泳选手傅园慧一语惊人，“我已用尽了洪荒之力，没有保留”，配以憨态可掬的表情，一扫运动员的谦虚谨慎或冷静严峻之风，其清新气息，引来众多观众竞折腰。媒体也纷纷对此评论，褒奖有加，认为傅园慧让人看到了体育精神的本义，让奥运竞技场变得轻松愉悦；也表现了中国人的强大，不再把金牌看得那么沉甸甸，无论胜负，可以谈笑间，任花开花落。

这些话有一定的道理，但又不尽然。个人以为，不必赋予傅园慧过多的符号意义，人家就一性情姑娘，天生爱笑，乐观自信，豁达开朗。硬将外界的思想嫁接到她身上，添加那么多的积极元素，实是另一种拔高，这跟赋予金牌承载民族自尊自强的含义没多大区别，对傅园慧是一种精神绑架，也是对她的简单快乐进行画蛇添足式的处理。

媒体人惯于找一个寄托自己理想的承载体，以主题先行的方式，将简单的事情复杂化，或将复杂的事情简单化。傅园慧给了这样的一个机会或图腾符号，即以此淡化竞技体育的功利性与残酷性，淡化金牌所附着的国家荣誉与民族尊严的沉重感。这样的诉求需要表达的出口与例子印证。傅园慧的嬉笑自若，正好可以来用借景抒怀，于是，一些媒体“望人生义”，上纲上线，对傅园慧的赞扬，已超出了个体本身所具有的范畴。诸如“傅园慧让中国体育多了与世界文明接轨的亲和”“傅园慧是中国奥运历史上的大功臣”之类，坦率地说，有些言过其实，又是在将某个人某件事进行标志化的提炼，进行标签化与符号化的处理，跟过去典型人物的宣传没什么两样。这种神化与高大，只怕当事人本身也不会同意，受宠若惊，承受不起啊。

傅园慧就是傅园慧，她代表不了什么，代表不了奥运的轻松快乐，代表不了金牌无用的娱乐，代表不了中国去金牌化的新时代，也代表不了当今中国与世界的接轨。奥运会有了傅园慧，并不会改变什么，该争的金牌大家还是会争，该哭的时候有人还是会哭，并不会因为有了傅园慧，一切就从此不同。

世界是丰富多彩的，傅园慧展现了运动员应有的个性，或是年轻一代运动员的风采，这是可喜的，令人欣慰，这也只是傅园慧的个性。每个运动员，或都有自己的个性，欢迎他们的本我展现，即便那些失金痛哭的，也是一种个性，并无不妥。想哭就哭，想笑就笑，都是真我的风采，并不一定就代表金牌的沉重或是无形，或是折射了什么含义。不必对此大做文章，借某个场景浇自己块垒。

动辄将某个个体符号化、标签化，是一种病，既然要告别金牌的符号化，让金牌不再背上为国争光的沉重，那么，也别把傅园慧符号化，看成是可以淡看金牌的划时代标志。这都是想多了的表现。

就让傅园慧做自己好了，让她快乐着她的快乐，简单着她的简单，让我们一起，从她的简单中感受单纯的快乐，别搞那么多的意义，把小姑娘给逗沉重了。

（红网 2016 年 8 月 10 日）

骗子为什么要向撒贝宁认错

这几天，有关央视主持人撒贝宁智斗骗子的消息，在网络上被津津乐道。起因是《今日说法》官博曝光了一份撒贝宁遭遇电信诈骗的电话录音，学法律出身的撒贝宁不忘给骗子普法，骗子败下阵去。

这还没完，后来，骗子可能得知撒贝宁的真实身份，给撒贝宁打电话认错。这就比较罕见，通常，骗子是比较嚣张的，就跟他一开始对撒贝宁口出狂言的那样：管你什么今日说法，我要让你到监狱里学法。骗子的态度前倨后恭，来了个大转弯，不在于撒贝宁的法律知识教育了他，而是担心撒贝宁的媒体人身份，可能会将他曝光，让他东窗事发，所以主动认错，以息事宁人。

媒体也披露过，央视前著名主持人网购被骗 10 万元，警方立即启动应急拦阻措施，但只截下 1 万元，其余 9 万元被转走。正当主持人郁闷之际，9 万元被汇入账户了。显然，骗子发现事情败露，慑于压力，主动退款了。

让骗子害怕的不是撒贝宁，也不是某个名人，而是由此可能带来的破案后果。骗子下手时，不会考虑到对方是谁，只看有没有钱，能不能骗来钱。阻止骗子下手的唯一办法，就是让他有“手莫伸、伸手必被捉”的恐惧与敬畏。不管电话那头是撒贝宁还是普通百姓，都让他深深地感到，惹不起！只有这样，才能最大限度减少电信诈骗案的发生。

这当然有赖于各方对电信诈骗的围追堵截与打击，对那些窃取出售个人信息的、不遵守手机实名制的、为电信诈骗提供方便的，这个链条各个环节上的作恶者，须重拳出击，精准打击。

不久前，山东、广东等地连续发生 3 起学生遭电信网络诈骗案件，导致受害人猝死或自杀。目前，3 起案件全部告破，28 名犯罪嫌疑人落网。

这个结果令人欣慰，天网恢恢，疏而不漏，电信诈骗也是无可遁形的。希望这 3 起案件起到里程碑的意义，在高压之下，让作恶者心生畏惧，知难而退，从此还社会一方安宁。

（红网 2016 年 9 月 12 日）

闫德利：一个迷情年代的错乱符号

一个名叫“闫德利”的女子在博客上自爆身患艾滋，并公布接触过的数百男子手机号，在网上引起轩然大波。随后，被指认的闫德利现身称，她的名字被人假冒，发生在她身上的事“都不是真的”。（《新京报》2009 年 10 月 18 日）

闹剧扑朔迷离，真相尚待厘清，但博客上的若干信息与被恶搞主角的人生路径倒是有几分吻合。“闫德利，河北容城，15 岁外出打工，进京。”这些元素已构成一面镜子，隐约呈现出一个乡下进城女孩在这个时代中可能会因循的某种脉络。

“博客闫”自称是为了找到 3 个月前分手的情夫，“现实闫”是“两年来跟一个北京人谈恋爱，已不再工作”。“这些很可能是其前男友所为”——此人有妻有子，闫德利与其分手，对方不满，“不下十来次开车来闹事，甚至拿出一盘光碟要当众播放”。如果闫家所说的是真的，不难想象，这又是一起司空见惯的灰色情感纠纷。打工妹 PK 一个事业有成的男子，这样的故事，在一些媒体的讲述版上不计其数。

“那是一个春天的早上，你背着行囊离开了村庄，你有杜鹃花一样美丽的脸庞，工友们都亲切地叫你阿芳”，自开放年代伊始，一个个打工妹怀着各种梦想进城，想挣点钱回家，给父母治病，供弟妹上学，最初的要求或并不高。当然，也想着嫁给城里人，拥有一片自己的天空。

外面的花花绿绿虽让人迷茫，“机油也许可以弄脏工作服，却改变不了纯洁的心灵”，打工妹写下过一曲曲动人的歌声。当财富越来越多，诱惑越来越多，选择也越来越多，迷失也渐渐越来越多。工厂、商店不再是唯一的去处，歌厅、舞厅、娱乐城里的委身，让“坐台”“二奶”与某些打工妹开始主动或被迫纠结，由此引出爱恨情仇一串串。

“嫁给一个北京人，是女儿的理想。”能够掬一把城里的月光，也不只是闫家阿妹的追求。可当“年纪大点没关系，只要有钱就行”俘虏了做人的尊严，令人错愕的畸形情感背后，是已然错乱的价值观。不愿奋斗，不愿化蛹成蝶，“当了女婿”换来的还算高尚，当了情夫或情妇换来的都不以为耻。

附在“闫德利”身上的剧情或许都是假的，但其隐喻的某类打工妹的情感与人生错乱之路未必就不是真的，“闫德利”其实只是一个迷情年代的错乱符号，浮现的也是某些人性的无耻以及社会一角飘出的叹息。

“闫德利”或是受害者，纯属虚构，但难保不会有“王德利”“李德利”们正经历着一场挣扎抉择。诚然，对“闫德利”可以不炒作，不关注，但这个博客出现的本身，不能不引起思考，那些没有方向的生活方式，或比艾滋病毒更让人可怕，需要阻截其蔓延传播。还“闫德利”清白容易，还原社会的纯净，消除“艾滋女”的土壤却并非易事。

（《中国青年报》2009 年 10 月 20 日）

“杜拉拉”可拉得起底层人物的困顿

25 日，昆明两名拾荒兄弟，因对生活绝望挥刀自残，弟弟当场死亡，哥哥被邻居及时发现送医，暂无生命危险。(《云南信息报》2010 年4 月26 日)

两兄弟靠捡垃圾维生，住所只有脏烂的被子和鞋子。“早就不想活了，几十岁的人了，没老婆、没孩子，又有点小毛病……”这样的自戗让人想起郑民生：工作无着、恋爱失败、受一些闲言刺激，结果报复社会，制造出南平惨案。

不难想象，如果拾荒兄弟将个人的挫折迁怒于世，又会是怎样的惨痛?这并非唯恐不乱的不堪臆想，有郑民生的前车之鉴，对底层失败者哀怨情绪的宣泄，不得不有所思考。

这个喧嚣的时代，强者的狞笑不时上演，弱者只有愈加挣扎。当村支书指挥地痞轧死村民，奔驰越野车从女交警胳膊上扬长而去，富豪相亲团大行其道，那些诸事不顺的困顿者，会是一种怎样的自卑与无助?而占有资源之利者又无视自己的张狂所带来的弱者心理落差，隐患已然而生。那些绝望者手握的“杯具”，只有向里或向外的问题，而无论是在沉默中自弃还是歇斯底里的对外倾泻，都是社会难以承受之重。

就在这些天，徐静蕾自导自演的《杜拉拉升职记》成了热议的对象。一个“没有背景，走正规路子，靠个人奋斗获得成功”的符号，一下子让人找到向上的力量与安慰。

社会的确需要这样的励志故事，需要理由来支撑弱者前行。无论是此前《贫民窟里的百万富翁》，还是早前的《阿甘正传》，都传递了小人物可以获得成功的希望，契合了众多底层群众的心理需求。可惜，众多的底层人物和拾荒兄弟一样，连看一部电影的条件都不具备，无法从中感受力量接受教化。除了恪守“君子固穷，小人穷斯滥矣”的古训，实在没有好的手段来排遣穷愁。虽然同我们一样的渴望成功，一旦“破烂也很难捡”的现实困境跌破所能承受的生存底线，进一步沉沦的风险便会加剧。

同样是智障者，武汉的舟舟有幸生逢于一个较好的家庭环境，得以尽展指挥天才，成为明星式的人物。而在四川雷波的大山中，痴呆人员被一些山民当牲口一样圈养，沦为他们赚钱甚至是制造矿难杀人骗保的工具。同样人物的不同命运，取决于个人机遇与奋斗，也取决社会所能提供的成功保障。

一个社会无论如何，不能让人动摇最基本的信念：再苦再难，通过奋斗就能获得成功。只有社会让大家不断印证真理的正确，印证常识的可靠，公民才不会感到迷茫，不会因绝望而自暴。天空中，一根羽毛随风飘过，飞向蓝天……这是《阿甘正传》的一个场景。“杜拉拉”来了，愿她的故事如一根希望的羽毛飘在世人的天空，带给底层小人物以奋斗的希望，让一个个的悲苦历程都能最终换来喜剧结局。

（《中国青年报》2010 年 4 月 29 日）

这个时代已没有女主播可以诉冤的大哥

“春天里”是河南商水县电视台女主播，该县县委书记张某被“双规”后，她被卷入“情妇门”，当地盛传她是被书记包养的情妇，还查出一个“光盘”为证。“春天里”很受伤，开博辟谣称，书记对她是有意，她却拒绝了，还向办案的周口市纪委写信求证清白。纪委说，爱莫能助。在接受中原网专访时，她再次向广大网友澄清“光盘门”：“性爱视频中没有我!”

一个官员倒下，总会扯出些绯闻。而这位张书记恰好经常不避讳地向女主播示好，谣言不长腿也难。难得的是女主播不为所动，好像花儿开在春天里，让人精神一振。

向领导写信这种拦轿喊冤式的陈情旧戏，指望老爷因此升堂断案，跟中头彩的机率差不多。当地纪委就表态“爱莫能助”。其实，这个时代已没有女主播可以诉冤的大哥。

以前在乡村，大凡小事都会有一个族长之类的头面人物来论理；一个大家庭之内的磕碰，也会有大哥来做主。曾经的单位，职工若有纠纷，组织会站在朴素的阶级感情立场，积极化解革命兄弟的误会，保持牢不可破的同志友谊。步入商业社会后，利益占了上风，人与人之间、组织与人之间日益淡漠起来。思想工作不受重视，个体动向没人管，以致嫌隙不能消于萌芽，小怨积为大恨，人际关系紧张不安。副职谋害正职，正职报复副手，官场血案让人心惊；至于生活方面被视为私事、隐私，更没人愿意过问。云南省镇雄县泼机镇纪委书记吴春菊不堪在镇兽医站工作的宋驷疯狂追求，一怒将对方捅成重伤致死。之前，宋吴的纠葛已公开化。事后，镇政府有关人士说：这些事作为男女青年之间的私生活，我们不便打听，也不知道。

如今，“春天里”盼组织证清白被拒，你千万莫为此怨尤，当政府的网站不见更新，职能部门的电话是空号，信访会被截访，谁会有空听一个民女“闲扯”？当然了，这事若摊到领导身上，有官员感到被“诽谤”了，组织一定会站在“影响政府形象”的高度来全力化解，跨省追捕、打入大牢、关到精神病院，无所不用，从来不劳领导批示就能搞掂。

谁让你只是小民呢！跟领导扯上了，管他好事坏事，在官员眼里，那是看得起你，前世修来的福分。万一不成，权当是炒作成功，出大名了。女主播就长点志气，见贤思齐，放出息点吧。

（《华商报》2010 年 3 月 5 日）

阿桑的乳房只是娱乐圈的一片叶子

以《叶子》一曲而红的我国台湾女歌手阿桑，因乳癌病逝，如这个灿烂的春天中飘下的一片叶子黯然远行，在众多生命的新叶勃发中，是那么的微小。

在艺人的森林中，阿桑只是一片不起眼的叶子，没有大红大紫过，没有炫丽的星光，没有宝气的生活，一直很静然，“一个人吃饭旅行到处走走停停，一个人看书写信自己对话谈心，心又飘到了哪里，就连自己看也看不清”。

阿桑这片叶子是不会飞翔的翅膀，普通得比那些混迹于酒吧街边的草根艺人还普通，长得也不漂亮，拆塑料花、包巧克力纸，在律师事务所、百货公司做接线播音，就是一个挣扎在生存线上的女孩而已。“她瘦小的身影只不过混杂在一堆青春偶像与几位实力歌手交织于舞台上的某个角落。”“靠感同身受的生命歌唱赢得听觉的喝彩和灵魂的敬重。”

“叶子是不会飞翔的翅膀，翅膀是落在天上的叶子，天堂原来应该不是妄想”，她的歌声总是那么的孤单凄苦，如同深夜的寂寞在唱歌，“是这么残忍，让人忍不住泪流成河”。在这个春天，阿桑这片叶子，在她歌声一语成谶中，停止了生长，飘荡到不是妄想的天堂。

阿桑因乳癌而逝，让人平添红颜薄命的叹息。乳房总是美丽得引人注目的，于是，阿桑之死，又让社会记起了女星的乳房问题，陈晓旭、李媛媛、叶凡、蔡琴、汪明荃、凯莉·米洛、安娜斯塔西亚……

女人的乳房，因美丽有价值却被毁灭，是地地道道的悲剧。然而，红颜之痛，又岂止在乳房。梅艳芳、侯炳莹、陆明君，女人的子宫颈又是一道生命的罩门，还有刚被淋巴癌夺去了年轻生命的李钰——引起红颜之殇的，不在乳房，不在子宫，不在淋巴，是她们的生存状况与生活压力。

在演艺圈打拼的明星们，精神压力比普通人要大很多，对名利的疯狂追求，对艺术的痴迷，因职业原因生活节律的颠三倒四，无不让生命如飞蛾扑火而遽逝。

医学常识告诉我们，精神压力与不规律的生活，是癌症等种种疾病的元凶。

明星的压力，有自身的负重，更多的是圈内种种潜规则让人死活不得，纸醉金迷的背后是生命的危机四伏。韩国女星张紫妍的一纸遗书，道不尽圈内之辱之耻，张国荣，崔真实，他们的自尽离去，身后是长长的忧郁的影子。

感谢艺人们带给我们的快乐，然而，这世间，除了娱乐，还有其他的种种活法，是不是一定要在黑暗无边的圈中以命相忍相搏，值得那些做着好梦的艺术爱好者沉思。

我们关注阿桑之逝，但不应仅聚焦于她的乳房，阿桑的乳房只是折射艺人生存状态的一片叶子，是喧嚣杂乱声色犬马的娱乐圈中一片静默的叶子。

一叶而知秋，瘦小的阿桑，用她的歌声与生命诠释：娱乐圈一个群体的狂欢也是一种孤单。

阿桑走了，她的“天黑了，像不会再天亮了，明不明天也无所谓了”。但我们在静静地看青春难依难舍，在泪还是热的，泪痕冷了的时候，我们思考的，除了她的乳房，还有让乳房癌变的种种非身体中的致病因子，这因子，或来自娱乐圈，或来自社会——

（中国网 2009 年 4 月 8 日）

“讽世”大业不能寄望于赵本山

赵本山这几年英雄迟暮，上不了春晚，躲不过嘲讽，有学者批评其小品拿弱者开涮，有报道数落他讽刺权贵“只到乡长为止”。

演戏这行当，演谁像谁说谁谁就是，或为君子小人或为才子佳人，千形万状，当不得真。挖苦与讽刺是东北二人转的传统，为的只是逗个乐，艺人内心未必要有道义担当。赵本山有时欢天喜地有时惊天动地，迎合观众也好，艺术需要也罢，运用之妙，存乎一念，指望他将权贵削个胆寒，纯系圈外人的一厢情愿。

“容得下尖锐批评”，知易行难，谁都不愿听坏话，这是人性使然。所以，自古有言，讽世文章宜雅静，感人情性在形容。这是经历过多少次教训后的经验之谈，言辞激烈，素来不被人所喜，倒不如温火慢炖来得靠谱。

赵本山起于陇亩，有着农村人的机智与狡黠，知道什么包袱能抖出观众的痛快，但又不会捞过界，插科打诨的对象便尽是些小人物。这种生存哲学，在几千年来的社会积习之下，于很多人都是一种本能。不要说讽刺权贵，人们通常讨好权贵都来不及呢。攀龙附凤，找关系，走捷径，向有权有势者奉承献媚获好处，几人能免俗？事实上，赵本山本身的成功，也离不开社会上追明星、傍大腕之风的推波助澜。

世风不彰，实在不必苛责本山大叔不作为，讽刺没上档次。

想起一则旧闻，贵州省黄平县中小学生曾被要求在公路沿线行走时遇见车辆，要停下脚步敬礼。当地教育部门称，此举一是表示对驾驶员的尊重，二是防止安全事故发生。媒体当时将之当作笑谈，认为是在培养学生的奴性意识。其实，黄平县的教育部门未必不是“慧眼识时务”，须知，多少有钱有势的权贵人物飞扬跋扈，某些公车更是不长眼睛，惹不起总躲得起吧。遇见权贵敬礼，虽失了昂然之气，也算“好汉不吃眼前亏”的自我保护。对强者硬碰不得，于弱势的一方也只有这点“软实力”可以运用。

类似的事很多，遇见权贵“此致敬礼”随处可见，诸如学校招生时只招公务员子女，层出不穷的“萝卜招聘”与云里雾里的“火箭提拔”，医院的贵宾病房、机场的贵宾通道、银行的贵宾柜台，公共景区的私人会所别墅。连出狱的贪官都有成群结队的官员、老板抢着接驾。如果说，讽刺权贵“只到乡长为止”，讨好权贵则从村长就已开始。但凡有点权，便少不了前呼后拥、奴颜婢膝，也少不了维护权威的狗腿子与势利眼。

我们固然可以对赵本山抱以殷切期待，希望其作品歌也有怀哭也有思，在讽刺权贵上既拍苍蝇又打老虎，帮受惯了欺负的底层人物出口气，即便没啥用，“也不兴喊两声么”？可大叔虽然还是那个大叔，大师已不是那个大师，即便还能上春晚耍一耍“扯蛋”之类的玩意，赵本山终究有告别舞台的那一天。讽世大业，实在是不能寄望于赵本山。

（《中国青年报》2013 年 2 月 19 日）

纪宝成先生是否为地位名节所困

闲坐在家，忽闻网上喧哗：使不得，使不得，取消高校行政级别将贬低教育。

循声望去，原是全国人大代表、中国人民大学校长纪宝成先生在先天下之忧而忧：中国是以行政级别来论英雄，没级别啥都干不了。

我一看坏了，在下虽系一介草民，与纪校长八竿子打不上，但纪校长的名号倒是晓得的，素来对他老人家“教育是最高的善”的醒世恒言心生敬仰。今闻先生有忧，作为一粉丝，当拍马前往解围才是。

举目四顾，发现先生所困者，地位名节也；所忧者，房车之供也；所虑者，江湖秩序也；所患者，削藩不公也；所望者，一视同仁也。

国人素讲究名分之重，“唯器与名，不可以假人”，以为上下尊卑，各安其位皆系于此。纪先生同样怀此一忧：没了级别，对方是科长、处长还是市长来接待？你看，级别事小，门当户对事大。名不正不仅言不顺，办事也不方便。倘搞得校长都一般大小，到教育部开会都不知坐第几排呢。江湖座次大乱，彼将如何安放？二忧，住房、医疗全跟级别连在一起。没了级别，一切顿时没谱，不会搞得“食无鱼，出无车”吧？三忧，大学取消级别，其他行业的番号不动，岂不是老实人吃亏？不患寡而患不公，要玩完就一起玩完。至少有个制度设计，搞个相当于某某级，或授予终身荣誉称号吧。

那袁氏称帝，以前只道是冥顽不化，专家新解之曰，袁某认为国之不国皆因独缺一帝。原来，一个帝号可救中华，可见冠冕堂皇之重要。

大学没了级别的帽子，又如何“师出有名”？

纪校长所忧，皆现实之语境，不无道理。某虽不才，愿为校长解忧。

君不见那些歌星、作家，都是分了三六九等的，比如，国家一级，二级；也有厅级，局级的；但打动人心的，是作品还是级别呢？就是一些官员追星，也多是冲着对方的名气而去，没见哪位爷以追到个什么级别为荣的。

大学要去行政化，既是共识，纪校长也深表赞同，认为是努力方向，对教育产业化、功利化也一向旗帜鲜明地反对，这次再为天下先又如何。

我知道纪校长不是舍不得那些坛坛罐罐，是怕自己视官本位如粪土，其他人却抱着级别的屎壳郎当宠物不放，把那些臭物涂上一层光环来欺世盗名。

不知校长，以为然否？

（《华西都市报》2010年3月8日）

不需要钱学森正是出不了钱学森的根源

针对钱学森“我们的教育总是出不了人才”的生前遗憾，著名教育家、北京大学原常务副校长王义遒教授称，我们现在这个时代，也许并不需要太多钱学森这样特别杰出的人才。(《中国青年报》2009 年 11 月 12 日)

王义遒的理由是，中国奇迹的取得，是靠劳动密集型经济推上去的，杰出人才是我们对下一个时代的要求。因为再过 20 年，经济转型要有比较多的创造性的东西，整个国家发展都需要创新，人才自然会应运而生。

把人才问题也丢给下一代去解决，王副校长的想法固然有时势造英雄的道理，但经济时代是不是就不需要其他超常人物呢？答案显然是否定的，西方在经济的起飞期，在资本主义萌芽与发展的各个阶段，催生了科技、文化、艺术诸方面的巨匠，如爱因斯坦，达·芬奇。在中国经济迸发出前所未有活力的今天，怎么就不需要杰出人才了？

王副校长的思维，其实也说出了一种担忧，那就是现在有相当一部分学者与“人才”唯经济效益，能创收就行。在这样的思想驱动下，功利思想浸染学术圈，导致学风浮躁，缺乏创新。大学教授不愿承接企业的科研项目，而热衷申请国家的科研项目，这已是公开的秘密。类似的例子恰恰说明，我们的大学与企业不是不需要创新，而是一些科研队伍习惯一切围绕经费与发表论文转，认为出不了人才与时代要求无关，倒是跟我们的科研教学体制有关。

可以说，认为这个时代不需要钱学森的思想正是出不了钱学森的根源。大家敬重、怀念钱学森，除了他的科学贡献，更主要的是他“我姓钱，但不爱钱”的科学精神与风范操守。有杰出的精神才有杰出的成果，时势将他推上科技舞台只是一个方面，若没有甘于奉献的精神，哪有钱老令人瞩目的一生？

出人才与时代的要求没有必然的关系，如果知识分子不学习钱学森的科学精神，一个个变成“森学钱”。莫说 20 年，再过 200 年，杰出人才的帽子也不会自动戴到头上，那才是国家与民族的悲哀。

(《潇湘晨报》2009 年 11 月 13 日)

柴静神不神，天边一朵云

眼看她出名了，眼看她名受损。

有一定知名度的央视女主持人柴静，在出了一本《看见》的书后，名气一大，倒霉也就随之而来。前阵子还有人夸她是“央视最穷主持人”，十多年一直在出租屋里安于平静，女神啊，当代“林徽因”！一下子又被爆成名“依托于央视平台和老男人饭局”，私生活不光彩，新闻素养不专业。

柴静是人如其名，或誉或谤，淡然置之，一概不予理会。但“砍柴”事件并不是柴静一个人在承受，是公众都在面对的悲剧。

所谓悲剧，就是将美好的东西毁给人看。柴静原本美女如花隔云端，忽然落地凤凰不如鸡，姹紫嫣红开遍，转身却似这般付与断井颓垣，让人好生感慨。

世上本没有神，崇拜的多了，就有了神。柴静只是央视上万名从业者中的一个，走在街上，以她的容貌，跟那些众多让人回头一眸的女子没什么两样。她的恬静，她的柔软，她的才情与专注内心，哪一项都并非很特别。因为经常出镜，混了个脸熟，所以被人注意。也因为这年头各种出位的事太多，物欲横流中，为了利益，女明星、女主播、女名流的负面新闻一抓一把。跟那些纷纷扰扰相比，柴静可能算得相对洁净。众声喧哗之中，这时一个不经意的蓦然回首，发现还有个与众不同的她，这么一个温婉的知性女子，不傍大款，不入豪门，不禁令人为之一动。人们在意外中，惊奇中，将自己心中的寄托与理想一股脑附到了柴静身上，于是乎，柴静成了女神。

成为女神的柴静其实只是个符号，跟成为武圣的关羽一样，种种神乎其神，不过是他人为了自己的需要添加的而已。

至于柴静横遭扒粪，我不认为是好事者的心理有多么阴暗，出于妒忌或眼红什么的。柴静的走红与走黑，或都反映出人们对美好的共同向往，只是各人用于衡量的那把尺子的长短不一，得出的结论不同。终结柴静神话者，或同样在寻觅着一个神话或童话般的符号，只是觉得柴静不匹配罢了。当柴静被捧为女神时，站得近的一方以为找到了那个神，把柴静看得很高大，急切切地膜拜；而站得远的另一方因为看得也远，发现柴静光环的背后并非前者想象的那么绚丽，于是喊了一声，额，你们找错了神，她不是耶。于是，众皆惊愕。

心理学中有“空椅效应”，即对着一把空椅子可以无限想象，想着上面坐的是谁就是谁，然后可以对假设的对象尽情表达，让情绪得到释放。柴静的神起神落，反映出这个社会中，人们对偶像的缺失与信仰的迷失，蝇营狗苟者众，洁然之士难求，大家对浮躁的无奈与厌倦，幻想着能有这么一个清水出芙蓉的女子，来填补对纯净的需求空白。柴静在机缘巧合中，成了椅子上的那个人，被大家尽情想象了一把。有人说她是我们要找的神，有人说她不是，就这么回事。

其实椅子上原本什么都没有，被臆想与意淫附体的女神，轰然坍塌并不稀奇。本来无一物，何事惹尘埃。柴静或如天边一朵云，偶尔投掷在大家渴求女神的湖心上，激起一波涟漪，不必惊奇或怅然若失，也不必盯着柴静那些事不放，她并没有自我标榜，神与不神，全是外人在说。

柴静不神了，还会有其他的什么“静”会神起，只要大家对完美不存的缺憾还在，就会有下一个情人眼里的西施来让错觉循环往复，直到那个能经得起检验的第二眼女神出现。

我的神啊，她在哪呢？

（《楚天都市报》2013 年 1 月 30 日）

“奖痴”何止是一个杜老师

50岁的杜伟新是广东肇庆市德庆县一名普通乡村教师，17年省吃俭用，倾尽10多万元的毕生积蓄，换来200多个各种证书，被称为奖痴，穷得只剩下证书。(《广州日报》2012年5月16日)

这名理科生出身的教师有着诗人情怀，发表过不少诗歌，因此与“获奖”结下不解之缘。那些奖项的套路是大家再熟悉不过的“作品入围”“杰出人物”之类，有花钱的，也有货真价实的。唯一不同的是，对从天而降的奖项，多数人可能会一笑置之，或偶尔受之，杜伟新则是来者不拒，悉数收入囊中。你说他乐在其中，以此为精神寄托也好，或是为了被人夸赞的虚荣也罢，如此持续成瘾成魔，工作荒废，从重点中学到普通中学，再到镇中心小学，再到农村小学，生活也日益窘迫，以致母亲患上癌症，都难以尽力，不免令人唏叹。

杜伟新的故事看上去似一则寓言，离奇得不合常理却又在现实中能找到影子，各行各业都有为沽名钓誉无所不用其极的存在，尤其是热衷于获取奖项光环的政府部门与官员不在少数。2006~2009年间，全国共清查出各种评比达标表彰项目148405个，总撤销率为97.16%。如此数量庞大的评比达标表彰项目以及如此高的总撤销率，令人吃惊，这些奖项又被谁拿去了？当然是跟杜伟新一样有着获奖爱好的政府部门，成为终端的接盘者。

所不同的是，杜伟新是花自己的钱为个人形象贴金，那些奖也没有实际作用，付出的代价系“自作自受”；来自公权力的各类评比表彰，则是拿纳税人的钱与民生福祉，为领导的政绩赏脸，能换来实际的奖励升迁，得好处的是利益集团，损害的却是包括杜伟新在内的普罗大众的公共利益。

杜伟新身上见证的是针对个人的评奖泛滥之痛，他为获奖所迷所累付出的是个体代价，相较之下，那些针对政府部门的乱设奖项危害更大。做得低级一点的，为创卫关闭店铺逃避检查，或是要求所有临街单位和门店统一摆置鲜花迎接检查，斥资给沿街楼层搞“穿衣戴帽”；高级一点的，动辄以亿数的重金搞大树进城冲刺绿化率，或是亮化工程、建广场楼堂馆所之类的花架子工程；巧妙一点的则是将形象工程化于无形，以打造“某某城市”“某某之乡”的名义，堂而皇之规划几百亿元的大手笔不在话下。

这不，云南贫困县富源刚刚叫停了一项千万元的“唱响富源”演唱会以及“谋略富源”“品味富源”活动，类似这样的主题活动近年也较热门。而不管是富源还是别的地方，很多时候，不管提出什么样的口号，打出什么样的牌子，骨子里都是想叫响、唱响领导政绩，这擦亮那擦亮，无非擦亮领导的前程，所做的都是为了一个“奖”——显示一项政绩来获得上级的奖赏，至于要花多少钱离民生有多远，会不会弄得群众的生计都有问题，则不是他们所考量的，甚至是不计成本的。

利用发奖来捞钱牟利，利用获奖来博取名声头衔捞取政治资本，已是浮躁社会中的病态利益链。于杜伟新或是真成奖痴，欲罢不能，纯朴得可爱，而一些政府部门的评比中，颁奖与领奖的，却是假痴，明知是忽悠却乐得你好我好，被群众讥为“糊奖”“唬奖”，为世人所深恶痛绝。杜伟新现象不仅是他个人的荒诞，更是这个社会评价体系图虚名轻实际的荒唐与悲哀。所以，莫笑杜伟新痴，谁解脸面工程政绩工程的诱人滋味？

（《中国青年报》2012 年 5 月 18 日）

第五辑

最怕人祸成天灾

每起灾难的发生，总能找到人类疏于防范的影子，一些地方部门，却又总爱在事故发生后找客观原因，将人祸错铸成天灾，这是比灾难更令人忧心的事。

赶工期的事故岂容“前仆后继”

11 月 24 日，江西省宜春丰城电厂三期扩建工程 D 标段冷却塔平桥吊倒塌，确认事故现场 74 人死亡，2 人受伤。从初步掌握的情况看，与建设单位、施工单位压缩工期、突击生产、施工组织不到位、管理混乱等有关。(《人民日报》2016 年 11 月 26 日、《楚天都市报》近日报道)

施工方工作人员对媒体说，怀疑事故“可能是混凝土强度没达标造成的”。为赶工期，施工方依经验，觉得混凝土已经干了，24 日早上，工人们便开始拆除冷却塔外围的木质脚手架。但由于天气原因，混凝土并没有干透，于是开始脱落，最后坍塌。不过，这一说法还有待调查。

虽然此事的具体原因还在调查中，不得不说，赶工期往往是一些生产事故的始作俑者，时间紧，任务重，压力之下，程序走样，结果造成悲剧。2007 年 11 月，山西侯马市西客站两层候车大厅，刚举行封顶仪式后就坍塌，造成 3 人死亡。据相关人士透露，工程质量没有问题，主要是为了赶工期，刚浇注的主体支柱在没有晾干的情况下就使用。如果丰城电厂人员所言属实，则与侯马的悲剧何其类似，都是坍塌于混凝土还没干透。2008 年 11 月 18 日，杭州萧山地铁坍塌事故，造成 21 人死亡，原因就是三年的工期缩短为不到两年。施工方为了赶工期，很多细节没做到位。

赶工期是建筑安全的大忌，被称为“带血的速度”，既有长官意志，为搞“献礼”工程，赶在任内完成政绩的功利因素所致，也有施工方不按科学规律出牌，想早日完事酿成。早在 2004 年，建设部就下发了《关于加强大型公共建筑质量安全管理的通知》，要求合理确定设计周期和施工工期，任何单位和个人不得强行抢进度。甚至指出对盲目赶工期的地区和项目要通报批评，并不予拨付超出进度计划外的工程款。可以说，规定都是好的，看到了问题，并对症下药，但通知若只是写在纸上，不严加落实，则不过是一纸空文。

俗话说，人不能在一个地方跌倒两次，据报道，丰城电厂施工方近年来曾多次发生过工人死伤的安全事故，工作人员也曾向媒体承认存在“赶工期”的情况。这实在是让人无语，赶工期的事故岂容“前仆后继”，希望这次“带血的教训”，能终结事故的轮回。

（《楚天都市报》2016年11月27日）

每次灾难都让国人忧心远方的困顿

玉树地震，举国驰援。

当灾难又一次猝然降临，我们唯有以一方有难，八方支援的光荣传统，在众志成城、同舟共济的奋勇拼搏中，将损失降到最小，将生命挽回最多。此时此际，唯愿玉树坚强，救援顺利，日子一天天地好起来。

每一次灾难都让父老乡亲蒙受无辜的不幸，也让我们心手相牵。我们在灾难中成长，更加懂得生命的可贵，对天地自然重怀敬畏，倍加珍爱自然的恩赐。

而每一次灾难，从汶川地震到西南大旱再到玉树地震，甚至山西矿难，将我们的目光拉向那片土地时，让人揪心的除了灾难，更有背后的困顿。

据报道，玉树县城有很多土木结构的房屋，抗震性较差。需要救援的地方特别多，可什么工具都没有，只能靠双手。缺乏大型机械，缺帐篷，缺医疗器械、药品，缺医务人员。也缺电，玉树是由当地的小电站进行水力发电，地震造成全州停电，给救援带来很大不便。

一场地震，暴露出偏远地区的基础条件之差，让人为之牵肠挂肚。

西南大旱时，我们同样目睹这样的困顿，旱灾来临凸现水利设施的不足，针对城区、工业的供水体系，很少兼顾农村灌溉需求。抗旱需要水，想修条管道，建水窖，购买水泵，村民没有钱，看得见水却喝不到。“需要资金，需要技术支持，需要专业人员，需要帮助。”一位女大学生村官如此发帖求助。

救灾展现出的力量是感人的，也是辛酸的。广西那隆镇王沙村都义屯屯长黄仁忠，带领村民到处寻找水源、砌蓄水池，因劳累过度而与世长辞，年仅44岁。

每一次灾难，都让我们为偏远乡村的困顿而流泪。这种困顿不仅是物质的匮乏，亦有精神层面与基层治理上的。村民为争水源打架、“跪求修路”……即使在地震灾区的重建中，也传出购买豪华车、斥巨资建地震博物馆、建别墅式的样板房等让人心疼的荒唐事。虽然这些不是主流，却反映出困顿的因素所在。

当务之急是全力救灾，与玉树同呼吸共命运。而审视灾象背后的困顿，并不影响我们的救灾热情。

面对困顿，思考如何夯实那片土地上的基础设施，包括房子、电力、通信、水利、医疗等所有的生命保障，让我们在拥有超强救灾能力的同时，更像日本、智利等国一样，具有较强的防灾、减灾、抗灾能力，让我们抵御灾害的能力也达到世界一流水平，灾难的洗礼才能让我们更加成熟。

越是生态脆弱、自然条件较差的地方，各类灾害往往越是多发。因此，在发达地区强者恒强的同时，对偏远乡村，需要挹注更多的资源以让这些土地生动起来、自救的能力强大起来。灾难来临时，方能少一点悲怆，多一点从容。

（《中国青年报》2010 年 4 月 16 日）

一场大旱让我们羞愧难当

“囊中存米清可数，野菜和水煮。”这是陈毅同志描述的艰苦战争岁月。而眼下的西南大地，因一场特大干旱，却陷于“野菜无水煮”的大困顿。

专家说是高原热力因素加加厄尔尼诺现象导致降水偏少。看似老天风雨不调，但这样的场景我们并不陌生。从山东大旱，到河南大旱，到重庆大旱，近年来，一幕幕土地龟裂、江河断流的旱象，在我们眼前不断变幻，这次不过又切换到了西南。

虽然原因不一，若不加以地理标注，惨状其实没什么两样，分不清是河东河西。往往揪心一阵，一伺大雨来临旱情解除，一切就不曾发生似的。不再关心旱灾怎么来，又怎么去。大约旱灾跟其他灾变不一样，很少造成瞬间的死伤而让人心有震颤。一切也就如云影掠过，无迹无痕。

这次也不例外，村民挖野菜吃的旱象刚让人对那片土地投以关注，很快就被“北京遭遇浮尘”转移了视线。4 年最重的沙尘暴盖过了百年干旱，无法揣度这其中的心理天平如何安放。除了沙尘扫过 13 省、侵扰 2. 7 亿人的广度，也许生活在城里的，对影响城市的因素更敏感吧。

对干旱的难以着力，让人无法想象，倘再来一次三年自然灾害之类，形成全国性的大面积持续旱象，我们将如何应对？奋战六昼夜挖出泉水固然让人激动，一方有难，八方支援固然让人宽慰，但面对不测的风云，除了无可比拟的体制优势，万众一心的坚强意志，还有何可倚仗之处？

温总理说：既要让符合条件的农民工融入城市，也要让生活在农村的农民更加幸福。

此时此际，重温这句话更觉力重千钧。

长期以来，在加快城市化的鼎沸中，一些人沉醉于砸出天价地王、搞一次体面庆典、修一栋摩天高楼的政绩亢奋，而对乡村漠然视之，缺少真抓实干与涌泉相报的动力。倘任由风沙灾害在忘然自得中步步进逼，就算全体农民都成了市民，不过是龟缩进了一个失去屏蔽的掩体，在孤独中一无所有。

只要一场地震，这些花架子就会呼啦啦露出孔雀丑陋的屁股，人类的遮羞布会被撕得粉碎而在自然面前无地自容。

而面对灾害才想起寻找沙尘暴的源头，反思水利欠账，怪我们的兄弟不懂以色列式的节水型农业，几无现实意义。因为屡屡临渴掘井的手忙脚乱，救得了一时救不了一世，救得了眼前救不了日后。

不妨扪心自问，退耕还林、母亲窖工程之类的回馈，到底送出了多少？农民真苦，农村真穷，农业真危险的窘境又得到了多少改变？有多少塘堰、梯田、滑坡等着治理？这些年来，我们为农村到底做了什么？

一场大旱让我们羞愧难当，原来，乡村篱笆墙的影子还是那么长，命运的辘轳下，还缺一口能打出水的老井。那片土地真的需要倾注更多的目光，挹注更多的公共资源。我们留守在土地上的父母亲需要医保、社保，需要城乡一体化的统筹，需要村村村通的公路与新农村的房舍，更需要一个经得起水旱侵凌的自然堡垒，切切实实的农田基本建设。

让土地饱含关爱之水的墒情才是抗旱之本，用城里没事反复开挖的干劲去守护江河之源方显意义。让父老兄弟能从容的耕种收获，才是在自然面前活出了尊严。

沙尘暴与干旱不过是大地母亲喊我们回家看看的声声呼唤，在城里的纸醉金迷中，我们是该回望故乡，看看那片土地是否还能永葆青山绿水的模样？

（《新安晚报》2010 年 3 月 22 日）

煤矿安全慎言“世界先进水平”

据新华社报道，今年1～8月，山西省各类安全生产事故死亡人数在2009年比2008年减少1018人、2010年比2009年减少505人的基础上，又同比减少170人、下降10.2%；煤炭生产百万吨死亡率下降到0.077，达到世界先进水平。

山西是我国煤炭大省，安全生产的任务十分繁重，近年来，该省以“抓好安全生产也是政绩”的理念，深入开展以煤矿为重点、覆盖各行业各领域的安全生产专项整治，付出了很大的努力，安全生产形势趋于稳定，这是值得肯定与高兴的事。

要看到的是，安全生产既要靠“标准化矿井建设”等硬件设施保障，也要靠管理制度、安全意识等软件保证。通常，安全生产多少天成绩的取得，只能代表过去的幸运，并不能说明安全的篱笆就牢不可破。就在几天前，山西中煤金海洋元宝湾煤矿发生“9·16”透水事故，导致8人遇难。山西省有关领导表示，这暴露了有些地方和企业没有高度重视安全生产，没有做到认真排查、消除隐患；暴露了部分煤矿安全生产措施落实不到位，安全管理不严格等突出问题。

因此，以暂时的低死亡率这一项统计指标，就宣告安全已达“世界先进水平”，既不科学也容易让人麻痹自得。中国工程院院士彭苏萍曾经指出，中国煤田地质条件极其复杂，煤层里多存在瓦斯，开采后容易自燃，也容易引发透水事故。中国煤矿开发的难度比世界上许多国家的都大，例如美国许多煤矿都是露天开采，深度浅，而中国煤矿大多在－800米以下，甚至还有－1300米以下的，开采难度高。这种“先天不足”就决定了保证安全生产的不易。

而美国、英国安全生产的取得，与严格的管理分不开。美国围绕煤矿生产先后制定了10多部法律，安全标准越来越高。同时，美国煤矿安全部门执法非常严格，对唯利是图、违反规定生产的矿主惩罚严厉。矿主也遵守法律，严格按照安全操作规程办事，从而确保了煤矿生产安全。英国的煤矿安全规定，煤矿经理必须有煤矿井下工作经历，每个作业时段井下都必须有一个副经理负责现场管理。

国内矿难频仍，除了开采中的技术原因外，“人祸”的因素更多，除了中小煤矿违规作业屡酿事故外，一些国有大煤矿，也因抢进度抢产量而忽视安全问题，有的甚至检查团刚离开就出事了。安全生产是个系统工程，在开采技术还有待提高的情况下，在井下作业与避险系统还不够完备的情况下，在管理上还不时有疏漏与不到位的情况下，煤矿安全离“世界先进水平”还有不小距离。

（《中国青年报》2011 年 9 月 27 日）

发展核电同样要避免带血的GDP

日本福岛核电站那50名坚守的抢险勇士震撼人心，他们身上伟大的人性光辉让不分种族、国籍的人们为之歌泣，灾难中的英雄总是一道坚强的风景，然而，需要英雄挺身而出的事故本身是罪孽深重的悲剧。慨然赴死的50名勇士，刺痛着全人类对核电安全的切肤之问。

3月16日，国务院常务会议决定，对我国核设施进行全面安全检查，严格审批新上核电项目，不符安全标准的核电站要停建。“核电发展要把安全放在第一位。”在日本福岛发生核电事故的此时此际，重申这句常识，很有必要。

众所周知，近年来，国内出现了一股四处跑马圈地、争上项目的核电热，为抢“内陆首个”之殊荣不计成本，各显神通。除了能源需要，更多的是冲着核电项目的经济效益而来。据介绍，核电站的回报十分惊人，毛利润率一般都维持在30%以上，在煤炭、石油等能源不断涨价的当下，核电的经济前景十分诱人，同时对地方的带动又是全方位的。“一座核电带起一座小城，一座核电带动多方产业。”“就是当旅游项目也是好的”，一句话，道出核电热在地方政府的如意算盘，就是看中几十上百亿的投资对GDP、对政绩的拉动。争取到一个核电项目，就意味着抓住了一棵硕大的“摇钱树”。

“现在国内发展核电的势头真是迅猛。可能只有为数比较少的几个省没有核电项目。本来这完全是企业投资行为，但为什么政府有这么高的积极性?”核电业内人士都不解地方政府冲锋在前的风情。除了政府，有的根本就没从事过核电的能源企业也跃跃欲试，推波助澜，个中玄妙，都是醉翁之意不在电，有枣没枣打一竿，搞到投资就行。

核电作为清洁能源，应当造福人类，我们不必谈核色变，盲目反核。事实上，对核电的利用，一直在不断进步，从沸水堆到压水堆，再到中国自主创新的快堆，核电的技术不断升级，安全性不断提高。但是，即便如此，专家也表示，不能保证百分之百安全。那么，就要有以防万一的准备。大胆假设，小心求证，当是核电项目选址的至理名言。不能跟金沙江上的某些水坝一样，为发电效益罔顾生态，一意孤行。

“目前中国核电的技术资源、技术准备、技术基础和现实的需要量之间还有很大的矛盾。还需很长时间的积累。”国家核电专家委员会专家郁祖盛告诫道。厦门大学能源研究院院长李宁也认为，核电建设方面最缺的还是操作人员。

核电安全虽是小概率却是高风险的事，发展核电固然可以富裕一方，一旦出事，却是城门失火、殃及池鱼，个体影响全局，发展的成果付之阙如。因此，发展核电同样要避免带血的GDP，尤其是在内陆人口密集区，在江河等城市饮用水源头、粮油食品产区，更要严格把关，防止经济冲动下，地方政府与相关企业合谋，在环评、安全评估方面作假，甚至先上车后买票，造成既成事实来要挟主管部门。

既然核电人才的短缺，核废料的处理问题都是现实困难，对核电发展，我们有理由保持一份谨慎，以确保万无一失为好。

（《中国青年报》2011 年 3 月 18 日）

水利工程如何不变为水患工程

24日，陕西安康、石泉水库再次泄洪，致使下游的湖北郧西县夹河镇6天来第二次遭洪水肆虐。此前的7月18日晚，石泉水库泄洪，夹河镇2400户被淹，基础设施遭到毁灭性冲击。（《楚天都市报》2010年7月25日）23日晚，陕西华县麻家砭水库在放水过程中发生闸门冲毁灾害，导致3人死亡、5人下落不明。（新华网2010年7月26日）

两起事件或许并不大，只是抗洪救灾中的一个小插曲而已，但反映出的问题却令人思考。本来，水利工程应是将滔滔之水化为对人类有利的资源，但我们却看到此种造成损害的尴尬景象。上游泄洪下游遭殃，不过是水利设施带来的负效应之一。

不久前有报道称，北京欲斥资170亿元再造永定河，虽然每公里耗资达1亿元，但永定河已难重生，只能搞个人工的水循环工程玩玩太虚梦境。永定河早已死去，被上游267座水库给肢解了，整整断流30年。埃及的阿斯旺水坝也是公认的败笔，建成后问题成堆：被灌溉农田的盐碱化，水库诱发地震，下游水草问题以及血吸虫病传播等。

水利工程搞成“水患工程”，根本的一条在于不讲科学，只顾私利。温家宝总理23日在武汉考察防汛抗洪时强调，无数次实践告诉我们：水资源治理、保护和利用都要按科学规律办事，做到人与自然和谐相处，人水和谐共处。但一些项目恰恰不按科学出牌，要么埋下隐患，要么遗患无穷。

2009年6月11日，环保部开出了史上最严厉的环评罚单，金沙江上投资数十亿元的两项工程被叫停。但环评风暴的效果却很难让人满意，因为水电企业靠稀缺廉价资源的赚钱冲动，地方政府对投资拉动GDP的仰仗，总能将环评风暴化解于无形。

水利本应涵盖防洪、灌溉、航运、水土保持、水资源保护、渔业等众多除害兴利的含义，但诸多水利工程仅限于发电的效益或是短期政绩，置其他利害于不顾，在自己赚钱之后，哪管洪水滔天，大旱无边。于是，下游缺水它蓄水，下游防汛它放水，这种为了一己发电之私的“逆调节”，一直被专家所诟病。至于其他的环境危害，亦鲜有考虑者。自然的反应是无情的，美国、印度都有被迫炸坝的先例。

除了在上马前不讲科学埋下“定时炸弹”，建成后在运行调度上自私自利造成危害外，因缺乏一个完善的流域管理体制，以致众多水利工程各行其是，只顾当地利益，缺乏全局意识，也是将“水利”搞成“水患”的原因。

国家防总26日要求，要最大限度发挥大型水库的防洪减灾效益，减轻下游压力。长江水利委员会也在组织研究，如何在三峡工程蓄水过程中尽量减少对下游地区的影响。比如，把蓄水期拉长，在保障防洪安全的情况下，在汛期末让水库提前多蓄积一些水量。

让水库以防洪、灌溉为重才是回到水利的正道，让水利工程跟都江堰一样造福于民，而不是某个单位或某个地区的生财工具，才能万古长青。为此，任何水利设施从开建到使用上，都须严格遵循对人民生命财产安全有利的原则，方能不枉“水利”之名。

（《中国青年报》2010年7月28日）

有抗震的房子才能免受谣言蛊惑

2日夜至3日晨，一个地震谣言让湖北老河口市数万情绪紧张的居民露宿田野街头。经地震部门澄清后，公众恐慌情绪得到消除，老河口市警方正在追查谣言来源。(荆楚网2010年5月4日)

近来，内蒙古、河北、天津、河南新乡、南京、陕西兴平、广东佛山等地接连发生地震谣言滋扰社会秩序的荒唐事件，都造成不小困扰，山西、南京还拘捕过发帖者。地震谣言如流感病毒一样肆虐，老河口中招儿并不意外，有后续的潜在感染者也未可知。纵使这次又揪出谣言的始作俑者，也未必能保证不再发生类似骚动。

天有不测风云，地震更难预报。群众对地震的恐慌，根源于地震会带来房塌人亡的灾难与毁灭，走上田野街头不过出于趋利避害的本能。我们可以将谣言传播归结于别有用心者的生事，归结于群众地震知识的匮乏甚至是“受封建迷信思想的蒙蔽而上当受骗”。谣言止于智者，地震谣言其实止于一堵不透风的墙，因为地震本身摇不死人，房子塌了却会砸死人。让群众对地震不恐惧，关键是要让大家对所住房屋的安全有信心，房子本是人类用来抵御自然灾害的掩体与屏障。

中国地震局研究员、国家减灾委员会专家委员会成员高建国说，网络上产生地震谣言并由此在社会上引起恐慌心态，反映了防震减灾的基础工作欠账过多，如公共建筑的设防标准偏低，广大农村地区及一些城区建筑的安全性需要加强。相比之下，日本、美国的建筑设防做得较好。(《瞭望》2010年5月4日）同济大学日本留学生也对《瞭望》记者坦言：“中国建筑的房子还不够结实，所以地震时比较麻烦。”

智利的法律规定，所有建筑按抗9级地震的要求设计。这次2月27日的8.8级地震之后，圣地亚哥99%的房屋都成功地躲过一劫，仅有20多栋房屋严重受损。3月16日智利政府公布的死亡人数为507人（包括众多震后海啸中的丧生者)。1985年，圣地亚哥发生8级特大地震，只造成170多人死亡。

（《广州日报》2010 年 3 月 18 日）对圣地亚哥人来说，4 级左右的地震是“家常便饭”，“这些都不算是地震”。有能抗 9 级地震的房子，面对 4 级左右的地震，当然就如我们面对风雨不会害怕一样。

有抗震的房子才有抗震的信心，这个老道理在地震谣言频传的当下仍有经常讲的必要。与其不断辟谣，不如踏实做好基础性的防震工作，让房子结结实实。有了智利那样房子震不倒的事实，必将胜于千言万语信誓旦旦的辟谣。

（《中国青年报》2010 年 5 月 5 日）

一只蜱虫咬出的乡村公共卫生困境

位于大别山区的河南商城县，今年夏天有多人被蜱虫咬伤后感染疾病致死，引发恐慌。8日晚，河南省卫生厅通报，共监测发现此类综合征病例557例，死亡18例，重点集中在信阳市商城县、浉河区、光山县和平桥区。（新华网2010年9月8日）

蜱虫是一种黑色虫子，只有芝麻粒大，有八个爪，钻到人肉里，抠都抠不出来，吸血后会胀大几十倍，比黄豆还大。专家说，全国大部分地区都有蜱虫存在，蜱虫本身无毒，但跟蚊子一样，会携带病原体而让人畜染病。

蜱虫确实比较常见，笔者幼年在山村时就没少和这种虫打交道。我们叫它牛蜱，它喜欢趴在牛身上吸血，我们常用棍子将虫拨下来踩死，都是血。现在想起来都有点后怕，当时真是无知者无畏。虽然蜱虫咬人后导致的疾病可防可控，临床死亡率大约在2‰～8‰之间，与流感差不多，但村民谈之色变。毕竟，人命关天，1‰的可能对个体而言，就是100%的不幸。

蜱虫也许不可怕，可怕的是乡村医疗条件的缺失和简陋，公共卫生投入的不足，以及基层政府应急水平的低下。记者探访的7起疑似病例死亡者，初发病时首先找的都是村医，且都被诊断为感冒，可治疗此病的关键是不要误诊。“只要不被误诊耽搁的话，这病太好治了”；“一旦误诊，出现并发症就很难救回来。”但问题恰恰出在这里，商城县人民医院一位负责人说，农民往往想省钱，只好去找村医；而输液是村医赚钱的主要项目，不排除有村医为了赚钱，“先挂几天水再说”。“不明真相”的群众，不明就里的就医，让延误治疗的病例不断出现，人为加剧了蜱虫之害。

这就是乡村的现实困境。相较于城里对非典、甲流的抗击，每天实行疫情报告，查体温、隔离、免费治疗等措施，对蜱虫疫情的群防群治在河南农村就显得相形见绌。信息的闭塞，让群众缺乏应有的警惕与防治知识，外界无从知晓，也不能据此监督当地的疫情防控进展。同时，不能引起广泛关注，也让当地失去了获得外来帮助的机会。

困难并不可怕，困境中的无助与看不到希望，才让人恐惧与绝望。小小蜱虫成为乡村的“恐怖大王”，正是其作恶后缺乏有效防护网所致。于是，这种担忧就会被放大，蜱虫就会被妖魔化。中国蜱虫病治疗专家郑元春说，他所在的医院每年收治1000多例被蜱虫咬伤的患者。但长久以来，一些医院对蜱虫致病并不重视，“无形体病国外有分离到病毒，我们也在做，但是科研投入差”。

对乡村潜在流行病重视不够，正是一只蜱虫咬出的问题，值得我们深刻反思。这个问题不解决，还会出现下一波的无妄之灾与恐慌。因为乡村处于大自然的一线，潜伏着众多与蜱虫一样的致病源、疾病传播媒介，任何一种昆虫或老鼠之类的动物，都可能引发危及农民健康的疫情，那些熟悉的自然界伙伴，都会突然变得陌生与可怕。对乡村公共卫生及应急系统的建设，该给予足够重视了。切不可小洞不补，而让生命蒙受戕害。

（《中国青年报》2010年9月10日）

一颗胶囊包含的粗放式发展窟窿

日前，央视主持人赵普一条关于老酸奶和果冻的微博引发波澜，他暗示破皮鞋之类制成的工业明胶有可能进入我们的口中。结果，相关企业郑重否认，中食协糖委甚至要对信息发布者进行起诉。那边余波未了，这边又曝出，多家药企的空心胶囊是由工业明胶制成，被国家食品药品监管局叫停并待查。

所谓“药食同源”，工业明胶能流向药企，有没有流入食品企业，这让人不联想都难。对违规生产、使用工业明胶的企业应当一查到底，严肃处理，对失职的监管环节同样决不能放过。问题是，早在2004年，央视就揭露过皮革废料加工成明胶的触目惊心的事实。同年，卫生部即发布公告，禁止使用皮革废料、毛发等非食品原料生产食用明胶和水解蛋白，但8年过去，造假却禁而不止，其原因何在？食用明胶与工业明胶的巨大利差，固然是相关企业为节约成本而造假的直接动机，监管环节的不作为固然给了假货以可乘之机，从根源上看，一颗空心胶囊所包含的粗放式发展窟窿才是祸首。

有人将空心胶囊的工业明胶比喻成牛奶中的三聚氰胺，那不妨回顾一下乳业那段不幸历史。2008年三鹿奶粉出事时，正是中国乳业高歌猛进且成为全球第三产奶大国之际，这一年，以“一头牛跑出火箭般的速度”的蒙牛发布2007年年报，成为中国首个年营收超过200亿元的乳企，而1999年成立之初，蒙牛的营业额只有3700万元。质量危机在一片乐观中爆发，三鹿死了，蒙牛等众多乳企遭受重创。三聚氰胺风波表面看起来是底层奶站把关不严，不法奶农违规添加三聚氰胺让生产企业“蒙冤”蒙难，其实是企业长期重市场、轻牧场，一味追求速度与效益而不重视基础性投入的必然结果。

羊毛出在羊身上，牛奶出在牛身上，奶牛的生长有其自然规律，牧场的承载率也有限，不顾奶牛与牧场客观实际的超常规发展必然成为空中楼阁。按奶业行业的发展规律来说，正常情况下年增长率应在7%～8%，我国那一时期的年均增长指数已达到21%～23%，牛奶产量与质量跟不上，客观上会催生奶源造假!

回到医药市场，2011 年，全球制药市场的增幅为 5% ~7%，中国医药市场的增幅却高达 25% ~27%，已成为全球第三大医药市场。药品市场繁荣，必然带来对空心胶囊等原材料的强烈需求，在供不应求与价格上涨的驱动下，必然会催生假货、次品来替代。“真货不够，假货来凑”，当下游对水的需求超过上游的来水量，抽取地下水或用脏水解渴就会成为一种选择。有报道指出，我国医药行业在原料、生产、流通、使用等多个节点以断裂状态分布，这难以满足未来产业调整的需要。重大医药事故不断发生，其根源正是医药供应链管理整个环节的混乱与脆弱。

在对假货厉声喊打时，应该认真思考那些混乱无序的“粗放式增长”模式。乳业的前车之鉴如此，医药业这些年屡屡曝出的乱象如此，其他行业也是如此。萝卜快了不洗泥，脱离实际的跨越式发展，必然留下某个环节跟不上的断裂或窟窿。事实上，三聚氰胺是在填补蛋白质的缺口，工业明胶是在填补食用明胶的不足。不从行业发展的规范有序上来解决问题，打假只能是按下葫芦起了瓢，假货总会在监管缺失之际卷土重来，这也是屡禁不绝的原因所在。

（《中国青年报》2012 年 4 月 17 日）

5 亿元治不好一条小河痛在哪

“我想问一下政府部门，为什么一条河要分两次来治理？”6 月 1 日，在税务局的预算审议会议上，深圳市人大代表郑学定严厉批评福田河 3 年花了 5 亿元，而治理效果仍不见好。（《广州日报》2010 年 6 月 2 日）

其实，治污打水漂的远不止福田河，这也不仅是将支出详细列明就完了。如果治污的钱“专款专用”了但效果不彰，是不是就可以免于问责？

“滇池治污 13 年花 46 亿元”，“太湖治污 16 年投资逾百亿元功败垂成”，这是两个极端例子。面对争议，滇池管理局方面曾说：“滇池的治理资金每天都接受审计。这个数字听起来很吓人，每年平均也就 3 亿元，比起国外治理水体的投入来说，是非常有限的。”（《21 世纪经济报道》2006 年 6 月 8 日）

此话道出了国内治污工作中一个似是而非的可悲现状：只要资金使用没问题，不管效果如何，都可心安理得。投入可以不计成本，却不用对结果负责。在这样的治污机制下，年年治污年年污，也就不足为奇。

对深圳福田河，人大代表所能监督的恐怕只能止于钱的用途，对为何花了钱却不见效未必管得着，因为治污这项技术活，不像建楼房看得见摸得着。针对太湖治理，有专家就直指，不是钱的问题，是人的问题。南京大学刘志礼教授曾痛心疾首地表示，治水专项成了利益相关者的分肥大餐：有些本已被其他国家反复研究、确认是完全错误的研究项目，在利益集团的推动下强行开展，却毫无实质效果。而真正有价值、有效果的治水技术，却拿不到科研经费。（《国际金融报》2007 年 6 月 21 日）

“中国已掌握的水处理技术已达国际先进水平，但在太湖乃至全国其他湖泊河流治理中所实际应用的技术水平却落后国际近 50 年。”世界水协理事刘光钊说，在太湖治污工程中，落后的工艺、落后的管理占据了水务市场的大半个江山，多年治理都是表面功夫，致使治理效率难以提升。

太湖就是低效甚至无效治污的样本。据报道，中国连续几个“五年计划”共投入了1.2万亿元，但治污效率之低也同样“史无前例”。

这就是治污的痛感所在。治污效果不彰除了常见的边治理边污染、多头管理步调不一等因素外，治污腐败恐难辞其咎。这种隐性腐败跟挪用款项、贪污受贿不一样，虽然审计上都干干净净，钱都花到了项目上，但项目本身不科学，岂非缘木求鱼？

（《中国青年报》2010年6月3日）

过河的数学难题与垮桥的现实困境

6 月 29 日晨，黑龙江铁力市呼兰河大桥发生垮塌。据称，事故是一辆拉钢材的超重挂车导致。

一座桥能轻易地给“压垮”，瞠目结舌中，不禁想起小学生常做的过河题目。

“某人体重 120 斤，一担柴重 100 斤。小桥只能载重 200 斤，如何一次性连人带柴过河。”呼兰河大桥就是这样的一道考题。大桥限载 30 吨，肇事车估计载重 60 吨。“正确的”过桥方法或是：将货物取下放在河中拖到对岸。

还有类似的题目，也能找到匹配的案例。“一只船在河中行驶，货物高出桥底 3 厘米，不移动货物，如何通过。”这是考验避让的智慧。广东九江大桥的坍塌疑似此类，据称系运沙船与桥墩发生触碰所致。看来，船长是没有储备这方面的技巧：为避免与桥相撞，应将船装些石头，将船身压沉。“有人要过桥，看守每 5 分钟拦查一遍，这人过桥要 7 分钟。怎么办?”这是考验反应的。株洲垮桥不就是如此么，桥要塌了，看谁机灵。当时一辆公汽机智停运，没从桥下穿过，被传为佳话。

这些过桥方法当然都是理论上的“戏说”，真要被逼如此，那是讽刺与悲哀。

每一起垮桥的背后，几乎都能找到人祸的魅影。株洲垮桥悲剧中其实没有“看守”，拆桥现场缺乏防范措施，施工队还无资质。九江大桥的庭审中，船方称不是船撞了桥，是桥塌下来压了船。

呼兰河大桥早在 2006 年被定为危桥，2007 年曾进行维修。既然已不堪大用，为何未见相关警示?“平时总走，没想到桥会塌。”可见就是常在河边走的识途老马，也不知道安全隐患。

不经撞的桥，不经压的桥，已发生的意外绝对不是句号。难道司机们都得钻研如何过桥的算术?可司机们在明处，桥的隐患又常在暗处，承重量多少，可承受的撞力是多少，坍塌的速率是多少，司机们并不知情，又如何在事前计算“安全过桥”的方法?

要破解过桥的安全难题，还在于有关方面承担起应有的责任，让日常监管到位：既要保证桥梁的质量，还要及时对“带病工作”的采取措施。要不然，人算不如天算，谁知道哪天桥会垮呢?

（《辽沈晚报》2009年7月1日）

让贫困者不再蒙受灾难

河南兰考火灾之后，又是云南镇雄县山体滑坡灾害，两次灾难将国人的目光牵引到民生艰难的欠发达地区。

苦难不会说话，但灾难会说话，每一次灾难都让国人忧心远方的困顿，每一场灾难都会暴露出众多的不堪，正如眼下的雾霾天让发展的粗放暴露无遗，留给我们的是思考与应对。客观而言，越是相对贫困的地区，因为缺乏资金建设基础设施，自然条件恶劣，生产条件简陋，生活条件艰苦，防灾抗灾能力更显薄弱，发生旱灾、水灾、泥石流、矿难之类灾害的概率更大，灾后的惨景与损失更甚，恢复与重建的难度也大。兰考因为贫困，没有福利院，以致发生袁厉害家中的悲剧。玉树地震后，只能靠双手救援，缺乏大型机械；云南大旱时，村民看得见水却喝不到，想修条管道、购买水泵，却没有钱。

这就是每一次偏远地区的灾难过后，暴露出来的客观现实。面对贫困我们无须讳言，直面贫困我们才会致力脱贫。但我们也要看到，因自然条件所限，客观困难一时难以改变，防灾减灾的主观能动性就更显重要。

这次镇雄县的山体滑坡灾害，就显现了事先预警多么重要。去年 6 月 28 日，四川白鹤滩镇矮子沟发生特大泥石流灾害，此前 10 多个小时，有关方面发出预警，矮子沟沿岸村民全部撤离。而白鹤滩水电站前期工程施工人员及家属却未能幸免于难，原因是有关人员对防灾麻木不仁，对预警短信竟一删了之。

每一起灾难都令人哀痛，每一起灾难在事后都能找到原因，甚至是可以避免的原因。正因为每一次灾难过后，我们在梳理引发灾难的因素时，发现原本可以躲过一劫却疏于防范，这种后悔更令人扼腕。每一起灾难中猝然逝去的生命，总是令人久久难以安宁。尤其是那些生活在底层的人们，他们平时承受着物质与精神生活的双重困顿，用苦难支撑着希望，一旦出事，常是毁灭性的打击。比如兰考火灾中的残疾孩子，毕节那四名流浪儿童，王家岭透水事故中的矿工……他们的蒙难，通常更让人唏嘘，我们也总是祈愿他们在天堂能多享点福。

民生责任大如天，如何加强对生产条件与生活条件较差的人群的保护，给他们一个安心遮风避雨的场所，让他们不会因一次事故、一次雨雪、一次意外而蒙受不幸，更需要相关部门高度重视，不可得过且过。因为贫困，因为艰难，他们需要更多的温暖与帮助，希望他们的房子能坚固，他们的生产安全有保障，周围的环境不被污染，上学的路上不会有灾厄，工钱不会被拖欠，营养餐不会被克扣，能在苦难的一角里自如地伸展希望。

对防灾的态度决定着灾难的烈度与痛度，我们或无法杜绝灾难，却能有效地预防或尽可能地减少损失。镇雄县山体滑坡灾害再次警醒我们，对防灾条件较差的地方，更要倍加关注才行，不妨拿出削山造城的魄力去改善民生，尽最大努力去防患于未然，减少因灾致贫致人身伤亡的悲剧。

（《中国青年报》2013 年 1 月 15 日）

从泰坦尼克到法航空难人类走了多远

5 月 31 日，“泰坦尼克号”沉船的最后一位幸存者米尔维娜·迪安去世，享年 97 岁。6 月 1 日，法航 AF447 班机在大西洋上失踪，228 人可能已全部遇难。1912 年，当时最先进的船只“泰坦尼克号”被冰山一角无情撞沉。此次遇难的法航空客 A330 型客机，也一向被视为是最安全的机种，从未出过事故。

从轮船到飞机，人类这一百年来的交通工具以及各种科技取得了飞速发展，然而，同是最先进的交通工具，仍不可避免失事。人类的脚步，依然不能从容跨过那片海。

法航空难为近十年来最悲惨的空难，虽然人们对事故原因莫衷一是——技术故障，系统失灵，恐怖袭击等，还有人再次想起百慕大神秘三角传说。但已知的事实是，法航客机在大西洋上失踪，暴露了雷达的弱点：大西洋有一大片面积并不为雷达覆盖，飞越北大西洋上空时，要经历数小时的“雷达黑洞”，仍要靠类似泰坦尼克号式的无线电方式通信。至于飞机本身，空客 A330 型原来就有计算机失灵的“前科”，去年险些酿成澳航客机空难。

无论是何种原因，皆说明人类在自然面前，远没达到可以随心所欲的境界。虽然可以在太空上来往了，但从泰坦尼克到空客，人类只前行了一小步，大自然仍有众多的盲区远没有被认知，远没有被人类的目光、智力所覆盖。

在那场海难中，米尔维娜幸运存活，得以度过 97 年的人生风雨。97 年来，米尔维娜目睹了太多太多的人间奇迹，享受了众多科技进步带来的生活便利，也经历了两次世界大战、高科技战争的沧桑。米尔维娜的 97 年是人类的一个缩影。在浩渺的大自然面前，人类不过仍是“泰坦尼克号”上的米尔维娜那样懵懂的婴儿，在未知的领域面前，懵懂而幸运地生存。在太空中，再安全的地球也不过是一艘船只或飞机，经不起任何碰撞。

在自然面前，人类应永远感到谦卑，不断求索以寻找更安全的生存方式与空间，并彼此同舟共济，相怜相惜。在自然面前，人类不过是在海边拾贝壳的孩子，偶尔幸运地捡到一些知识。若用这点可怜的技术自大或自相残害，只会让自然觉得可笑与失望。

在米尔维娜的身后，人类仍并不能避免类似泰坦尼克的不幸事故。这些事故是全人类共同的悲剧与财富，人类在事故中逐渐成长与进步。

（《中国青年报》2009 年 6 月 4 日）

第六辑

在巨变中坚强

曾经风光无限的出租车，在网约车面前显得没落了，正如人力车夫挡不住电车的到来，日新月异的沧桑巨变中，是不断的潮起潮落，人生有悲有喜，唯有爱是温暖我们前行的坚强力量。

出租车载着大家共同的职业变迁

杭州出租车行业改革工作正式启动，拟自2015年1月1日起，停止收取经营权有偿使用金，每车每月将减少400多元“份子钱”，还将放开出租车总量和价格管控。(《京华时报》2015年9月15日)

该项方案明晰出租车产权关系后，将有效减少出租车经营利益阶层，提高驾驶员收入，被认为打破了多年的利益藩篱。也被视作对专车逼近的回应，顺应了出租车行业日益窘迫的现实。这几年，围绕出租车行业改革的呼声一直居高不下，即便专车不来，出租车的行业地位也早已不比从前，司机收入一直是个问题。

二十世纪八九十年代，出租车行业可谓是高大上，那时油价低，大家收入也低，以出租车当时的起步价与里程价，算是收入丰厚，比较优势明显，开的士风光又体面，在武汉余家湖，形成了众多士司机聚居的“的士村”。到了2000年以后，的士生意开始走下坡路，来自周边的“淘金者”渐渐代替了本地司机。

出租车行业是这个大变革时代众多行业的缩影，日新月异的沧桑巨变中，是不断的潮起潮落，不断有人被抛上风光的浪尖，又被抛下谷底，被搭上幸运的快车，又被抛离轨道。“粮食部门吃得饱，商业部门吃得好”，曾经旱涝保收风光无限的行业，都经历过光环快速消失的窘境，在一轮轮的洗牌中，宠儿弃儿的角色风水轮流转，传统与新兴也是不断更替。

不久前出炉的新版《职业大典》，一口气取消了894个职业，“话务员”“制版工”等已不复存在，同时也新增了快递员、网络信息安全管理员等347个职业，国务院还取消了62项职业资格认定，被取消的职业资格已达211项。许多领域正在发生着转变，全社会的职业结构也随之变化，这就是当今的现实，出租车载着大家共同的职业变迁与失落之忧。

攻守易势，强弱易位，是每个行业要面临的职业前景问题。如何找到出路解决生存之困才是正道，不能市场变了，却麻木不仁。帮助从业者去弊兴利是管理部门的应有之责，每一个人也须做好应对技术转变的思想准备与技能储备，都要从容坦然面对可能发生的命运轮转，这样才不会陷入困顿之中难以自拔。

（《楚天都市报》2015 年 9 月 15 日）

深山里没那么多浪漫与闲情

女子被村民救命后嫁给他，隐居深山 18 年，这样的新闻总是让人看着温暖。四川省巴中市通江县城往北 80 公里的米仓山南麓，18 年前，中专毕业的景祥俊在一个叫泥地坪的林场工作，一次巡山时被毒蜂所蜇，附近一村民背着她找到诊所相救，从此结下姻缘。（《法制晚报》2015 年 8 月 5 日）

18 年风霜雨雪，林花谢了春红，小女子不离不弃，一起相携相伴，这样的新闻总是媒体追逐的对象。近年来，诸如“80 后富豪夫妻隐居深山”“百万富豪隐居深山养鸡放羊”“男子隐居终南山，弃百万年薪”之类，时常跃入眼帘。与雾霾、有毒食品、喧嚣相对应，山里的洁净纯粹成了令人心向往之的世外桃源，“世界那么大，我想去看看”，很多人无法说走就走，便在别人的隐居里寻找自己的寄托。

但深山里并没有那么多的浪漫与闲情，“饭做好，去叫妈妈，妈妈已经死了……”同样是在四川，凉山四年级彝族女孩木苦依五木的作文《泪》在网上传播后，被网友称为是“世界上最悲伤的小学作文”。在课堂习作《泪》中，木苦依伍木描述了父母双亡的悲伤过往。有人质疑这篇作文是枪手代笔。我倒觉得，《泪》是谁催出来的并不重要，因为木苦依五木的母亲在 2013 年去世，她从此成为孤儿，只得与爷爷奶奶以及两个弟弟相依为命，稍年长的哥哥与姐姐则在外打工。这个基本事实是存在的。政府对每个孩子每月发放 678 元救助金，“他们缺乏的是关爱而不是金钱”。

这篇作文的本意是希冀呼唤来自外界的关心，我想，这并没有错。隐居生活能吸引眼球，这样的艰苦为何就不能去引人关注？也是在前不久，一个被拐女成为最美女教师的旧事引发各方口水，揭出的同样是这样的事实：在深山，还有着令人忧心的贫困与落后。郜艳敏接受采访，不过是希望外界能关心当地的教育事业，作为一名教师，此心此情完全可以理解，却不幸将自身置于风口浪尖，她成了揭丑的人，被指影响了当地形象，她不得不俯身求饶，希望媒体还她清净。

山里的世界外人永远不懂，山里有小溪青草的意境，也有它封闭的小社会环境，有它的运行规则。所以，令人悲伤的不仅仅是木苦依五木的身世与《泪》，不仅仅是郜艳敏的命运与处境，还有造成这种困境的自然条件，以及当地相对落后的生产条件与人们的思想认识水平。即便你哀其不幸怒其不争又能怎样，因为你代替不了郜艳敏们的生活与选择，她们有她们的现实逻辑。

我自己也是山里人，从小哼着《山里的孩子心爱山》这首歌长大，母亲也是早早就贫病交加英年早逝，小时候还没觉得有多苦，因为有着上大学的梦想，来到外面的世界后，再回去看看那山上没多少树石头多的地方，才知道那一粥一饭是多么的来之不易，也深知不管漂了多远多久，回村里得按村里的规矩办事，你无力去摆脱那些条条框框。

谁写出最悲伤的作文并不重要，重要的是作文道出的内容，以及《泪》背后的艰苦生态。木苦依五木是不幸的，她又是幸运的，在父母去世后及时得到政府以及社会的关爱。我国是个多山国家，在深山里，可以说，还有很多木苦依五木这样的孩子，以及郜艳敏这样负重前行的妇女，这就是隐藏在深山老林里的现实。这是隐居的鸡犬之声所不能掩盖的贫困落后，也是风花雪月所不能涂抹的艰苦奋斗，它无情地暴露出山里的困顿，这需要各方共同努力去加以改变，改变当地的经济条件，改变当地的人文风貌。

（《中国青年报》2015 年 8 月 7 日）

那些不可复制的“童话”寄托厚望

近日，英国一台发生故障的 ATM 机在取款时会双倍出钞，以至附近居民纷纷前来捡便宜，此事以银行方面自认倒霉告终，称取款人不用归还多余的钱。这则新闻让国人纷纷为汇丰银行的大度叫好，感叹在国内总是“遇银行不淑”。

当然，只要出现与日常惯例不符的事，总会有相应的释疑来以正视听。这不，国内银行业人士认为，这个案例属于特殊情况，一般银行遇到这种情况都要追回多付的资金，律师也称这个在国外也是个案，不能极力推崇。(《新京报》2012 年 5 月 23 日)

其实，不用专家循循善诱，我也知道这是不可复制的个案，因为最初的新闻中已说得清清楚楚，“警方表示如果顾客在取现时发现故障并且继续取钱的话，银行方面可能会以欺诈罪追究责任”。即便在英国，不当得利也要被依法追究的。所以，不可寄望于法外开恩。再者，国内有许霆案的判例在前，人们自然会对“天上掉馅饼”心存警觉。

经验告诉我们：只要是有违普遍存在的童话般的故事，那一定是特殊情况，难以见贤思齐。比如，神木免费医疗，是特例，不可复制；魏桥低价供电，是特例，不可复制；华西村的摩天大楼，高不可攀，难以复制。个中缘由，不说也明白：魏桥低价电，电厂不环保，成本低导致电价低，怎么可能推广呢？免费医疗，上学不要钱之类，有几个地方的主政者会舍得将大把的钱投入不见经济效益的公共服务领域？砸钱搞免费公共服务，不仅在 GDP 产出上费力不讨好，还可能不招同僚待见，谁有勇气复制？

明知不可复制，仍要热议，无非因为它契合我们的梦想，于共鸣中为心怀期待而鼓掌。正如网友动不动冠以“最美女教师”“最美女护士”“最美交警”“最美妈妈”之类，不在于这些当事人有多美，也许还有“更美”，这样赞叹只是为了表达一种寄托，以她们的道德形象来反映对社会道德的热望。

正因为现实中的不完美太多，才造就了那些完美“孤例”的走红。比如，坚持用新鲜油炸油条的“油条哥”、不收红包的医生、不欠工钱的老板，虽然明知这本来是最起码的要求，仍情不自禁地喝彩，视之如义薄云天的好榜样。

那些不可复制的童话寄托着人们的厚望，那些不可复制的孤例也映衬着梦想无人领会的孤独，明知不可复制，甚至明知是虚幻的，也要痴人说梦般津津乐道，只因心存向上向美的期盼，这也是推动生活向前的力量。对“特殊情况”，其实也没指望复制，只求获得心灵上的慰藉与一种表达，希望高油价、高电价、看病难、上学贵等民生困顿能得到重视并缓解，希望那些孤例哪怕能给人一些善意的启示即可。所以，对那些童话，别生硬地告诉我们不可复制，我们更想听到在什么条件下可以复制，如何才能复制；哪怕不能全部复制，部分复制或借鉴，也是对我们的一种安慰。

（《中国青年报》2012年5月24日）

日全食打开一个看得见风景的房间

日全食并不稀奇，这次因覆盖的范围之广，持续时间之长，号称500年一遇，可谓“史上最牛”日全食了。

各地天文爱好者都在翘首以盼，各地政府也未雨绸缪。不过5分钟的日全食，成了一次公共事件，牵动着天上地下。从国务院办公厅发出应对通知，到一些城市启动应急预案，天涯共此时中，日全食如一把钥匙，打开了一个看得见风景的房间，让我们可以看见诸多景致。

人类在早期的历史上因懵懂无知，日全食多与迷信、恐慌连在一起，那几分钟的黑暗，带来的是长久的心神不宁。如今，曾经的“恐怖大王”由可怕变为了可爱，成了难得的观光对象，以及流星雨一样的娱乐性节日性事件。日全食的天幕中，映照着人类在好奇中渐渐长大的身影。

爱迪生在观测日食后，开始了试制电灯泡的神话般构想；爱因斯坦的相对论，也是利用日全食期间的星光得到检测（《东方早报》2009年7月19日）。1997年，我国科学家从一次早晨日全食出现的“天亮了两次”的奇观，推算出西周时期一次“天再旦”的年月，解决了困扰多年的夏商周断代工程。日全食的天幕中，闪耀着人类“点暗为明”的智慧。

从夸父追日的神话传说，到“神五”“神六”巡天以及“嫦娥一号”经受住月食考验；从1941年日全食发生时的国难当头到2009年喜迎新中国成立六十周年大典，当日全食的天幕中，再次月儿弯弯照九州时，已是高峡出平湖、当惊世界殊，辉映的是换了人间的山河壮丽。

古代发生日食、地震之类的天地异象，都会让人惊惧反省，看是不是做错了事而引起天地震怒。现代人当然不再对此自然现象畏惧，但不会失去对民心的敬畏。日全食的黑暗中，耕者可以忘其耕，锄者可以忘其锄，唯政府的公共服务不能停。日全食的天幕中，悬着一面观照政府能否从容应对的镜子。

7月22日在即，相关部门的应急预案已各就各位，和谐社会的良好秩序需要各方共同努力维护，万事俱备中，只欠公民的自觉配合。日全食的天幕中，将要检测的是现代公民文明、有序的社会责任。

日全食来了，我们且敲响科学探索与不懈奋进的锣鼓，以上天赐予的智勇驱散前行途中的任何阴影。

（《楚天都市报》2009 年 7 月 21 日）

一湖春水荡漾着你我的乡愁

外婆家住咸宁、通山交界处的北山垴，是周围海拔最高的山头，据说晚上在山顶的高处，能看到武汉的灯光。我是瞪大眼睛充满了神奇。

长大后才知道，这跟太空上能看到长城是一样的八卦，目力根本不可及。不过，北山垴与武汉还是有着依山带水的关系。

北山垴脚下是北山寺，寺边有条河，河上有座桥，上书：北达通通万古桥，青山绿水千年在。桥边有处远近闻名的“36 人泉”：相传从前大旱之年，36 位村民按寺里指点挖掘泉水，挖到深处触到龙角，龙一惊洪水大作，将找水的36 人全部淹死。龙是没有的，估计是挖山洞发生塌方造成悲剧。这实是一个悲壮的抗旱故事，跟今天贵州大旱时，村民为取水牺牲一样的凄然。

那河就是咸宁母亲河淦河的上游，36 人泉是其主要水源，绵延 70 多公里后经斧头湖汇入长江。

而今我又知道，养育了大闸蟹、武昌鱼的梁子湖，源头是咸宁高桥河，而高桥河与淦河系出同门，都发源自北山垴那边的大幕山，相距咫尺。

不要说五百年前是一家，方圆五百里，大家都是山水相通，血脉相连。

小河没水大河干，从来没有谁可以独自偷笑：我得益了，损害的是别人。大自然的恩赐，需要每一个人虔诚的膜拜。

从东湖的餐船到洪湖的围网到梁子湖的废水，我们忧心忡忡奔走于野，只因每一个湖泊都是我们栖息的港湾，承载着或深或浅的乡愁，当像保护大旱之年的甘霖一样保护每一处儿时清澈的记忆。

这个春天已不属于云南，举目苍黄，赤地千里。我们不希望噩梦重演，不希望我们的湖泊春风吹不起半点波澜，没了鹭飞，没了鱼跃，沦为浪打浪都没了的一汪臭水。

桥通万古，青山千年，愿望伫立在河边已很久很久了，先辈的英魂能否守得住绿水长流，敲打着后人的良知。

（《楚天都市报》2010 年 3 月 29 日）

汀泗桥的周庄水乡梦还在路上

汀泗桥有诸多地方胜过周庄，汀泗桥原本可以成为周庄，汀泗桥却没有成为周庄，这当然是很大的遗憾。汀泗桥有望成为周庄，甚至要超越周庄，这又让人无比神往。

汀泗桥引发关注，并不是往河里丢了一块“周庄”字样的砖头拍起了一堆浪花，它激起的是各方一直在心中涌动着的热望：让沉睡的资源化璞为玉，让安详的土地点石成金，以生成源源不断的财富与美好生活。“周庄”不是庄子笔下周公化蝶的一个梦，而是一把“痒痒挠”，挠到了汀泗桥也挠到了湖北旅游的最柔软处。等待破题的不仅是汀泗桥，已然破题的也不只是周庄。

多少年我从刘家桥走过，弯弯的河水与古老的民居在车窗外一次次远离，她在晨曦暮霭在风中雪中静静屹立了好多年好多年，一个个的归人或过客都未曾在意。多少年后再从刘家桥走过，红红的灯笼已将“大汉皇族”村装点得车水马龙，流连的宾客争着想顾盼廊桥上那位传说中的动人女子。

刘家桥并没有汀泗桥那么多的故事，却成了咸宁旅游的一座“后起之桥”，可惜那河水太浅载不起多少乌篷船，要不俨然就是小周庄。

一鸣惊人的隐水洞，也在咸宁静美的怀抱中。她的走红不亚于核电站带给当地人以激动。因为同样是一个梦想的成真，付出了几代人千万里的不懈追寻。

刘家桥就在通山到武汉的路边，隐水洞也在通山核电公路旁，两张旅游名片的横空出世，离不开路通人旺的地利，更是沾了县域经济乃至湖北经济腾飞之路不断拓宽升级的光。

内陆首座核电站的落户，为当地经济发展注入强大的驱动力，迎来客商与投资的井喷。有投资就有开发，有客流就有市场，相辅相成，相得益彰，这是刘家桥、隐水洞脱颖而出的因素之一。

不该沉寂的汀泗桥沉寂了太久太久，而身处武汉城市圈，作为两型社会广阔道路上的独特风景，汀泗桥的浓妆淡抹正逢其时，她的嫣然一笑必能倾倒慕名而来的粉丝。

经济兴则万事兴。从咸宁温泉的重焕青春，我们已然看到汀泗桥的美好明天：汀泗暂让周庄好，将来更比周庄强。

汀泗桥也只是拱起湖北旅游品牌之桥的又一个墩子，让湖北旅游的虹桥更壮观，需要更多的战略眼光与战术设计，在上天赐予我们的山河中，立起更多的支点。

（《楚天都市报》2009 年 11 月 2 日）

漫漫绿道行走着生活巨变

刚宣布最长绿道在江夏铺就，武汉又传佳讯：明年将落成八条骨干绿道。

环青龙山绿道长30余公里，环东湖以及墨水湖绿道不分伯仲，网上还有叫阵的：后官湖绿道有110公里长呢，不服来比。

这些，正如最大城中湖是东湖还是汤逊湖，又有什么打紧的咧，反正好肉都在咱大武汉的锅里，闷头享受就行。

绿道依山或傍水，各有所长，各得其便，皆市民之福，就不必争老大吧。

闲话少叙，却说那江夏绿道，行之有年矣，前身是护林防火的通道，因年久失修，重建时，江夏区忽生妙计，因地制宜改成绿道，便于居民亲近自然。不砍树、不拆迁、不征地，还省下不少经费，且点个赞。

绿道见证着山中苦行变健身的生活巨变。因为每一条山路，在以前其实是苦路，交通不便，肩挑背扛，崎岖难行。这江夏绿道，在护林员行走的年代，坑坑洼洼，哪有这么多诗意盎然，只能且行且珍重。

那时，我的亲人在柿子成熟季，每于生产队收工后，沿着幕埠山麓挑到咸宁去卖，当夜又赶回，往返以百多里计，个中之苦，全磨作脚掌鸡眼。

随着村村通公路，苦行走进历史，跋山涉水倒成了休闲旅游之乐。

时代发展了，许多苦差变成美差，苦地变福地，诸如技工收入超过白领，邮差变身快递，跟这护林通道升格成健身绿道一样，见证我们生活的华丽转身。

刚有好消息发布，中国将投入6000亿元异地搬迁1000万人，以助贫困人口脱贫，可以想见，不少人又将挥别难走的山路或水路，步上一个幸福的征程。愿更多贫困地区跟鄂西一样，成为生态文化旅游乐土，走出传统生存方式的沉重，走上以绿色致富怡情的轻松新路。

绿道越多，生活越有奔头，也须有好身体才能走上一程。诸君请多健身哦，很多风景，等着你走过去瞧瞧。

（《楚天都市报》2015年12月18日）

别把青春想得那么悲观

今年全国普通高校毕业生699万人，人数之众创历史纪录，关于青年的未来成了几个月来持久热议的话题。眼下，一部题为《涂自强的个人悲伤》的小说，又勾起普通年轻人靠奋斗能否改变人生的疑问。（《中国青年报》2013年6月18日）

上述小说虚构了一个底层故事：来自农村的年轻人涂自强，靠着乡亲们的帮助与勤工俭学完成了学业。然而毕业后，没有人脉、没有背景的他为在城市生存而疲于奔命，最后积劳成疾到了肺癌晚期。

这个故事虽属虚构，却不可否认具有一定的现实性，很多农村孩子对那种“徒自强”的无力感并不陌生。拼爹、拼钱、拼关系，上升通道匮乏，代际传承，这些都是近年来让青春感到逼仄的流行词。

也要看到的是，每一代的青春都有它的烦恼，不是所有的青春都没有忧伤，也不是所有的忧伤都没有未来，越是迷茫的青春，越需要梦想来振作精神，越是悲观的青春，越要找到乐观的出口。

我上大学时，所有的学费与生活费全是借的，经常饿肚子。工作之后我都不敢放开肚子吃饱饭，因为要拼命挣钱还债，还要供弟弟上学，结果大病一场，险些死了，也险些被单位开除。重新上班只能做些轻活，每月领500元钱，租一间房花去150元，还要吃药，我的父亲常从市场赊来米与煤球以维持生计。想起这些我就落泪，但如今，我也有了自己的房子与车子，靠的是十多年来国家的经济发展，单位与个人都从中分享了发展的果实。

讲这些是因为不久前的一次同学聚会，大家谈到刚毕业那几年的辛酸，多数同学都有过下岗再就业的坎坷，有的多次换工作，再到自己创业，都很不容易。欣慰的是，如今大多数也都小有成就。我们同学毕业整整20年了，20年前的就业，对我们来说也不轻松啊，同样有拼关系的，但更多的是拼自己的努力。

大河有水小河满。当下，每一个人的难题与社会的难题，发展中出现的种种问题，最终还要靠发展去解决，这还真不是大话套话。就在几年前，我还与弟弟发生过不愉快，对我来说，为他上学，我尽了力，对他来说，却是帮助得不够。比如，没有能力帮他找个好工作，没有钱帮他买房，以致他只能远赴他乡谋生。我说，谁又帮过我？还不是靠自己努力。他觉得我是推卸责任，也讥讽我生得早，毕业得早，赶上的机会好。但现在，我弟弟靠自身的勤奋，也在他乡有所成就，终于明白了些道理，与我“冰释前嫌”。

二十世纪八九十年代，工作与挣钱的机会或许相对要多，但每一个时代都有相应的便利与窘迫，也许后面的人又觉得我们现在的机会更多更好。每一代的青春都不容易，我们的父辈在他们的青春时代，吃的苦远比我们多。社会总在进步，国家向好，青春自会向好，所以，别把青春想得那么悲观，也别老是怨天尤人，要坚信青春就是资本，有青春就有未来。

（《中国青年报》2013 年 6 月 19 日）

宅时代且看看窗外的彩虹

几天前所在城市遭遇暴雨，傍晚下班时，潇潇雨歇，抬头瞥见半道彩虹挂在天空，赶紧打电话喊儿子到阳台上观看。孩子9岁了，居然是第一次看到彩虹，说跟书上画的一样，兴奋不已。

我晕。那道彩虹应早已生成梦幻般的斑斓艳丽，我在写字楼里忙活，孩子在家做作业，都无暇也没想过关注外面的世界，发现时彩虹已消退将尽。那天的彩虹很多人都没看到，也没有意识到雨后初霁时会映出美丽的虹。

这是一个很“宅”的年代，虽然身处互联网的信息时代，却很少去顾及大自然乃至芸芸众生给出的信号。以致常有这样的场面，一伙人聚会，好不容易相见，却各自忙着低头将餐桌上的情景发上微博，而不是当面酒热耳酣说个痛快。

格式化的楼宇格式化的生活中，大家“宅”在自己的心中，跟蒙上眼睛的驴一样，限于格式化的转圈中。沉浸在自己的空间与思维里，按自己的逻辑行事，不愿聆听他人的脉搏，不在乎他人的感受，似乎是这个时代的通病。于是，官员为了政绩一意孤行，事关公共利益的决策不征求群众意见，不由群众分说，“再大的阻力也要拆除临街防盗网”，无视市民诉求的底气十足；地方政府无视中央“房地产调控不得放松”的三令五申，变着法子搞微调刺激；无良企业无视消费者利益与行业规范，偷工减料，污染环境。

就是网络上的喧嚣，也多是顽固地按自己的理解出牌，意见不合，宁愿约架也不愿耐心沟通，宁愿以暴力压服，却不愿以道理说服，更别说求同存异，包容异质思维。我们沉迷上网，却不愿意阅读，网上众多激愤的口水，对当下的担心与疑虑，其实只消翻开两本书，张维为的《中国震撼》与《中国触动》，就会找到诸多问号的答案。中国为什么能，为什么自豪，只要不先入为主地带着偏见，相信这两本书都会让人有所思，有所悟。

我们为自己的一孔之见障目，常造成不必要的误解与对立。近来有人呼吁，应倡导过去的“游学”模式，在行万里路中读万卷书，增长孩子的见识。也有人撰文感叹，欧债危机阴影下的波兰青年，还有兴致在外过着“晃荡”的生活。这都给人启示。

是的，我们或有许多习惯已成自然，或有许多看法已成定见，但这些不是不能改变，专注于一己之念，并不妨碍我们看看外面的世界，听听他人的声音。如果无视周围的日新月异、奔腾不息，就会活在自己固守的明日黄花中，活在自己进退失据的纠结里，甚至铸成大错身临险境却浑然不察。

廓开视野，有利于看得更清晰，走得更好。无论身处哪个社会阶层，有什么样的抱怨或期待，都不妨从自我的中心里走出来看看，会发现外面有众多彩虹一样的新奇与美丽值得欣赏，也因此多些积极愉悦的心情面对这个世界，并主动调整与周围的关系以及方向。减少信息不对称之下的误判，少些困扰，生活真的会好得多。

（《中国青年报》2012 年 7 月 18 日）

我们都可去追逐橱窗里的玩具

欧洲杯开始了，这一届的欧洲杯，离中国人似乎更近一些。56 年来出现首个中国赞助商，场外还出现了中国黄牛，数百名中国球迷现场观战。

虽然国足仍是扶不起的阿斗，各方帮扶的热情却从未减退，也不影响球迷与商家的冲出亚洲。几天前，苏宁宣布旗下体育产业集团以 2.7 亿欧元的对价，获得国际米兰俱乐部约 70% 的股份。之前，王健林入股马竞，西班牙人、阿斯顿维拉变为中资控股，还传出 AC 米兰也可能被中资收购，令球迷大为振奋。有人比喻，这些欧洲豪门，曾是我们小时候盯着橱窗发呆的玩具，看得见摸不着，只有羡慕。如今事业有成后，终能一圆儿时梦想，将玩具变为己有。

是的，收购这些俱乐部的背后，是中国经济与国力日益提升的结果。也因为欧洲经济不景气，一些足球俱乐部陷入债务危机，给了中国人机会。

中国足球的跨国收购，也就不仅是一则体育新闻，更是励志故事。类似的收购，在其他领域也发生着。比如，海尔 7 日宣布，完成对美国通用电器的收购交割，这可是爱迪生发明灯泡后成立的公司。包括联想收购 IBM 全球 PC 业务。这些公司，以前都是国人顶礼膜拜的对象，如今成了囊中物，足见国人努力奋进后的收获。

这是一个刚刚结束高考的季节，也正是充满青春梦想的季节。等待跨入大学门槛的孩子们，可以尽情畅想自己的人生，去圆儿时盯着橱窗里的愿望。没有考上大学的，也一样可以去追逐橱窗里的玩具。这两天网上就流传着，农村妹没参加高考，16 年磨炼变总经理！山西交城的“80 后”女孩倪冰冰，16 岁那年从县招待所干起，现在成了北京一家餐饮酒店总经理。

不管是哪个年龄段，处于什么样的境地，都不必失去追寻梦想的动力。从那么远的欧洲杯能变得这么近，说明沧海桑田并非假话。世间没有什么是不能改变的，体育带来的激情与力量，足以成为努力追寻梦想的共鸣。看不看欧洲杯，我们都可以跟中国足球一样，去矢志追逐儿时橱窗里的玩具！

（《楚天都市报》2016 年 6 月 12 日）

毛坦厂模式不会因嘲笑而消解

高考来了，安徽六安市毛坦厂中学的万人送考画面，成了网上焦点。（《新京报》2016 年 6 月 6 日）

这是一所经常被提及的学校，被当作“高考工厂”的样本来解剖。这所中学有近 3 万学生，堪比大学，并以八成的本科升学率创造高考神话。

它原本没这么火，只是大别山深处的一所普通中学。当地名校是位于市区的六安一中、二中。1999 年，毛坦厂中学达到本科线的只有 98 人；受益于高考扩招，2005 年一举突破千人；直到 2012 年高考，7626 人达到本科线。

毛坦厂的生源滚雪球般膨胀，源于该校的严苛管理。“备考如服刑”，没有音乐、体育课，周围也没有网吧。没有任何自由的炼狱状态，自制力再差的学生，也只有全心学习。这让家长纷纷将孩子送来，并扎下陪读。因为学生只要跟住老师的节奏，便能大功告成。校方也承认，他们的成功，更多靠非智力因素。

发奋发奋再发奋，这也没错。生源是他人“掐尖”后挑剩的，只有以勤补拙。虽然上的基本是二本、三本，没有名校，但总比考不上大学好啊。

不管外界批评或是嘲笑毛坦厂模式的原始与野蛮，是应试教育的畸形产物。我以为，这其实是一些考生最现实的选择。去不了城里的名校，为圆大学梦，到毛坦厂这样的地方拼一把，又有何不可呢？

毛坦厂与以前的天门中学、黄冈中学并没什么不同，与如今城里的当红中学也没多少区别，都以升学率为目标，以高升学率而闻名，实现的途径大同小异，只是起点低，付出更多超常规的努力。

毛坦厂模式不仅应对高考有用，可以说，在人生的漫漫长途中，哪一站都要能经受炼狱般的考验。多少创业，多少科研项目的成功，付出的能少吗？有人说，毛坦厂考生拿到的大学文凭不值钱，以后不好找工作。但我相信，经过刻苦过来的他们，能应对以后的困难与挑战，能闯出自己的天地。

不必嘲笑毛坦厂模式的低级，它或许处于高考生产链的底层，出品的附加值不高，但不等于没有价值。世上路有千条，它适合部分考生的升学需要，这对他们，就是好的。毛坦厂模式也不会因嘲笑而消解，它应运而兴，也只会应运而衰。

（《楚天都市报》2016 年 6 月 6 日）

于安静中感受季羡林的热烈

98 岁的季羡林先生“笑着走”了，纵浪大化中，复得返自然。

大师留下的精神财富弥多，横看成岭侧成峰，无论从哪方面汲取，都让人有挂一漏万、瞎子摸象的惶恐之感。

在此仅说说先生的安静与热烈。这似是他一生的轴线，治学与做人的瑰丽画卷以此徐徐展开，让人叹为观止。

先生在《风风雨雨一百年》的回忆中，讲到一位有恩于他的宋校长。宋校长不过一中学校长，如同现在的一些人，上面有关系，到哪都吃得开，到哪也都带着自己的班底。校长夫人爱打牌，但季羡林从不参与，不走曲线。宋校长遂曰：羡林很安静。

那时的羡林年方弱冠，此后的70 余年，一生都这么安静地走过。岁月跌宕起伏，他自淡然处之。“士不可以不弘毅”，在先生看来，中国知识分子所传承的文化中，一个是爱国，一个是气节。

善养浩然之气者，风云变幻前，处而不惊，“且看他，笑他，由他”。历经大难大病却愈通透愈明澈。“不锻炼，不挑食，不嘀咕”，是先生无为而治的人生之道。当然，这不是绝对的，不过是反映他一切顺其自然的秉性。不刻意追求中，世事觑之如无物，也就绝不会有学术不端、跑官要官之类。

先生安静下的有所不为，却是另一种热烈的有所为，那就是积极创造性的工作。

他与丁聪一样，“人生六十才开始”，愈老愈激情满怀。用他的话说，中国正处于一个伟大的时代，花月正春风，当为时代而歌，焉能搁笔。所以，他写下一篇篇文章，想教给年轻人四个热爱：热爱祖国，热爱人类，热爱生命，热爱自然。以让“倥偬”的日子过细致一些：多一些典雅，少一些粗暴；多一些温柔，少一些莽撞。

大师的内核是大爱。其安静与热烈是相辅相成的，水深愈静，静水深流，静静的流水下是滋润他人的热爱无声。

人都要离开所处的位置，包括官位、学术地位、江湖地位以及生命在这个世界的方位，唯一有意义的事就是做好各种承前启后的工作，不留遗憾。

大师的安静与热烈是一面镜子，值得每一个人检视。

（《楚天都市报》2009 年 7 月 13 日）

总有一些大师会在静默中生长

著名科学家、上海大学校长钱伟长教授在上海逝世。这几年，一个个大师相继驾鹤西去，以至我辈在迷茫中仰望天空又充满惶惑：巨星陨落，走一颗少一颗；新星在哪，寻一处不遇一处。

大师之大，不仅在学问之高，还在于人格之尚。巴金以说真话为追求；钱学森“姓钱但不爱钱”；钱伟长下放劳动时，仍推导了12000多个三角级数求和公式；丁聪一生甘为“小丁”，画展从来不要花篮和开幕式。这些大师一生以报国爱民为己任，顺境不颠，逆境不怨，他们因德高而艺馨，在万民仰止中名垂天下。

我们常哀叹于这个时代大师的匮乏，在幽暗反复中感怀钱学森之问。北大原常务副校长王义遒曾说，现在高校里有一个非常不好的现象，就是行政权力远远大于学术权力，学者只有当官才有特权和资源。某国家级研究所课题组组长、首席科学家也抱怨，每年仅1/3时间做科研，其他时间徒耗在申请项目与杂事上，论文数量的桎梏与“重物轻人”的条条框框束缚了创新。

我们可以怪罪落后的学术体制、科研环境，不齿于伪大师招摇撞骗且消耗了资源，于精神层面而言，当下的象牙塔或许真陷入“大学真穷，大师真少，大学真危险”的窘境。我们焦虑，我们忧心，但也不必太过悲观。

大师不是神，不是仙，本是凡间子弟一个，能出类拔萃者，无非是将全部心血用于学问的修炼。“我们培养的学生首先应该是道德品质高尚、心灵美好的人；其次才是一个拥有学科、专业知识的人。”这正是大师们自身的写照。

我坚信，在中国大学的蝇营狗苟熙熙攘攘中，一定有不为利往、“没有条件创造条件也要上”的；我坚信，不是所有教授都热衷于学而优则仕，不是所有专家都爱发雷人之语，不是所有学者都以抛头露面为稻粱谋；我坚信，“士不可以不弘毅”，中国士大夫传统的忧国忧民精神，现代知识分子的科学与民主诉求，从来就如罗布泊的胡杨树，千年不死，千年不倒，千年不朽，总会在一些人身上世代相传。

大师在哪？大师不在霓裳羽衣的舞台上，不在钻营逢迎的仕途上，不在争抢状元的形象工程里。游走江湖的不是大师，是骗子，真正的大师一定在凡人目力所不及的地方，在离经叛道不通世情的迂腐里，克难前行，坚韧进取，静静地修炼与成长。在没有权术与功利的地方，一定会有大师在静默生长！

入选中国新首富的“海普瑞”李锂家族也许称不上大师，但他们自四川大学求学至一举成名，25 年来对糖化学和肝素的兴趣与研究始终如一。这般十年磨一剑之士，一定不止李锂一个。无论是产业骄子，还是商界奇人、学界巨擘，一定有这样忍得十年寒窗无人问的人。我们这个民族从来就不缺脊梁之士扛鼎之士，在无声处，一定会有大师的惊雷蓦然响起，让举国民众眼前为之一亮。

大师装不来、等不来、骂不来，我们感谢前辈大师的杰出贡献，也许他们的离去，是“化作春泥更护花”。不妨以宽容与期待，在寻求变革中呼唤未来大师的横空出世，这也是对前辈大师最好的怀念。

（《中国青年报》2010 年 8 月 3 日）

每个人心中都住着位杨绛奶奶

百岁老人杨绛走了，留下一部平静的文字与人生。

近年去世的名人中，杨绛可能是被刷屏刷得最多的。因为她的爱情与婚姻，惊艳了时光；她的性情与作品，温暖了岁月。她的离去，让人缅怀，也珍惜着我们的拥有。

在现当代女性作家中，杨绛与冰心，都称得上奶奶级的人物。也确乎我们的奶奶一样，有着女性共有的温柔与平和。冰心的《寄小读者》，如奶奶般娓娓道来，如小桔灯，照亮了一代代童年的梦。杨绛的《我们仨》，读来让人落泪；《走到人生边上》，对于命运、人生、生死的思考，如一位长者启迪着我们的心智。爱在左，同情在右，走在生命两旁，随时撒种，随时开花。是这两位老人的共同写照。

她们的感情生活，非常人能遇，但这样的奶奶，我们都能遇到。作为女性，有着共同的爱与痛。

杨绛不是女神，而是火炉边，耳鬓低语的女人，充满母性纯善的女人。她不仅是知识分子，她的人间烟火味，跟我们的奶奶，没任何两样。

“女人要走在男人后面、照顾好男人再走”，“我和谁都不争，和谁争我都不屑”，如此的仁者妇道，如此的淡泊从容，不正是我们奶奶挂在脸上的慈祥、写在内心的深爱么。

“一九九七年，阿瑗去世。一九九八年岁末，钟书去世。我三人就此失散了。”杨绛也是位空巢老人、失独老人，经历着常人一样的生老病死。女儿去世后，她只会恸哭，将悲苦任情地啼哭。因为，她也是女人。

她的文字，也就从来没有端着，而是尽情展现着普通人一样的喜乐与哀愁。这就是她感人的力量，能走进许多人内心的原因。

岂止于米，相期以茶。我们每个人心中，都住着一位杨绛这样的奶奶，以温馨与淡雅，陪伴着我们走过了年少的时光，软化着我们的调皮与淘气。无论她们有无文化，活过多久，都以各自的方式，呈现着奶奶的慈祥与仁爱。她们完全是颜色一样的烟花。

此去故人归，别了杨绛，别了一位老奶奶。愿她在天堂，续写着温暖与从容。

（《楚天都市报》2016 年 5 月 26 日）

母爱永远不会迷路

虽然腊八节已远去，但有碗盛满母爱的粥永远滚烫，温暖着你我。1 月 17 日，年过八旬的瞿婆婆给儿子送腊八粥食材，迷路在武汉街头，背后的母子情让人唏嘘不已。

婆婆原本住在硚口，后去了女儿在姑嫂树一带的家中，还有个儿子在汉口古田。婆婆心系儿子，常两头跑，给孩子送吃的。婆婆的儿子也是快 60 岁的人了，他说，妈妈从小就疼他，以往母亲对这条路很熟悉，但随着一天天变老，记性也越来越差。每次劝她不要独自过来，总不听。这次也是极力劝阻，说自己去拿，老人还是来了。

这位婆婆，是那么的亲切熟悉，跟我们的父母一样，做着看似多此一举却让人百感交集的事。曾经，只要下班超过了平常时间，我父亲就会来办公室找我，我也觉得他老人家多虑了，他总是默不作声，不会有任何辩白。后来，再晚再累也不会有人来牵挂，才知道半夜在家等你的人，是多么的珍贵。

正如朱自清在《背影》里所描述："父亲嘱我路上小心，夜里警醒些，不要受凉，又嘱托茶房照应我。我暗笑他的迂。"而大爱，恰恰就在这不以为然之中。

父母之爱再烦琐重复，没有一丝是多余的。

可我们，往往将最不好的一面给了家人，将最好的一面给了外人。因为再怎么任性刻薄，家人永远不会计较，对外人，即便战战兢兢行礼如仪，仍可能不慎将人得罪。能照顾家人的时候，请一定不要那么轻慢疏忽。

迷路的母亲深怀着永不含糊的母爱，人迷糊，爱却是清醒的，任何时候都指向清晰，即便神志不清如《疯娘》，对孩子的爱也是那么的明白无误。

我父亲在弥留之际，仍惦记着安慰子女不要怕，说他会保佑我们的。

这就是每一位父母的舐犊情深，且让我们顺着迷路母亲寻觅的目光，去找回迷失过的反哺之情吧。

（《楚天都市报》2016 年 1 月 20 日）

有鱼同吃为何让人眼热

如今并不是一个缺吃缺喝的年代，可武汉科技大学请同学们吃鱼，却在网上红了好几天。

该校黄家湖校区靠湖吃湖，年初，校方在沁湖投进1万斤鱼苗，冬来鱼肥体壮，便捕上来送到食堂供大家同享。据网友透露，这两天轮到青山校区收福利了，真是一碗鱼端得平啊。

看啊，别人家的学校！吃鱼啦！吃鱼啦！5000斤鱼任性免费吃。网上这标题你都懂的，就是只恨自己没这好口福呗。

我想，有鱼同吃让人眼热，倒不是吃得有多好，而是校方没有吃独食，让大家暖胃也暖心。

鱼养在学校的水域里，若任由校方摆布，学生沾不上筷，原本也符合常见的潜规则。但武科大并没有那样做，却记得让学生分一杯羹，感受主人翁的存在感，上下一体，不分彼此，这鱼吃得也就鲜美。

笔者上学时，每到元旦加餐，也有一尾煎鱼。那吃不饱的日子，余香三日难绝。上班时，也吃过多次“鱼”，每到重大节日，领导会与加班的同事一起聚个餐。其时领导已病重，自己什么都吃不下，只是望着大家颔首而笑。员工吃饱，他就高兴，就不觉得饿。他是要让大家感受集体的关怀与温暖，也凝聚人心与力量共创基业。

说到吃鱼，不由得想起笔者的父亲病重时，他所在单位分了些鱼当年货，老人家叮嘱着要给我留一份，我回去看他时，一定要让我带着。鱼带回武汉放在冰箱里，还没顾上吃，老人不久就与世长辞。

后来，当懂得有鱼同吃的深爱，懂得去爱那些给我吃鱼的人，他们可能早已远去，消失在人海，他们的微笑或是沉默，已永远不会再来。

有鱼同吃的幸福，不在于鱼肉之味，而是有人记得你。那拳拳之爱，且吃且珍惜，且感恩。

（《楚天都市报》2015年12月18日）

天堂里没有可以拨通的电话

近日，一位网友的发帖引来无数人泪奔。该网友无意中点进已故高中同学的QQ，发现自2010年同学离世至今，同学母亲一直坚持不断地在儿子的QQ空间上留言。（据央广网）

那些发到网上的截图，可以清楚地看到一位母亲的无尽思念。“明天要过年了……”“让你来到我的梦中”……每一个节日或是寻常的日子，都会触动这位母亲的怀念，留言常在夜深人静的凌晨，可以想象是多少个难眠之夜，伴她在悲痛中度过。

此前，本报也以“拨往天堂的电话”，报道过汉口一位丧子母亲的感人故事。儿子意外离世，难以接受现实的母亲，时常拨打儿子生前的手机，持续一年后，竟奇迹般地传来了“回音”……当然，电话那头绝不是他儿子，不过是换了主人。号码的新主人也是一位小伙子，得知事情原委，与这位妈妈结成“特殊母子”，开始一段爱心互助的人间真情之旅。

有爱才有悲伤。我们感动于这样的母爱，更愿那些丧失亲友的人们，保重身体，节哀顺变，因为天堂里并没有可以拨通的电话。在我的手机上，也一直存有我父亲生前的号码，很多次想拨，但理智让我停止行动；每路过相关医院，也很想走到那间病房门前，但我知道，里面不会有我想见的一切。

过去的不会再来，消失的身影不会重现。不是每个通向天堂的电话，都会跟汉口那位母亲一样，会收获意外的惊喜。那些过往的悲痛或是忧伤，还是适可而止，适当留在心底就好。因为人生总是这样的无奈，一切自有注定的度量安排，喜怒哀乐，七情六欲，须跟饮食一样有所节制，过量都会生病。

活在当下，还须珍惜自己的健康，珍惜所生活的每一天。以新的寄托转移对那些难以释怀的留恋，才真正不枉天堂里那些关注着我们的眼睛。

（《楚天都市报》2016年2月28日）

依然选择相信那只企鹅

这是一条暖新闻，据英国《每日邮报》报道，一只狗自2014年以来，一直坚守在西伯利亚的冰天雪地中，等着主人归来。

狗的主人早在2014年秋的车祸中身亡，这只狗似乎不愿相信，守在路边没有离开。有热心人给其搭了个窝，送吃的，却无论如何也走不进它的内心。

不知这条新闻的真实性到底如何。前两年，媒体报道了巴西一位渔民救了一只受伤的企鹅后，企鹅每年游8000公里回来看望恩人。就在前几天，有报道指企鹅的故事夸大了，从生物学上讲，企鹅不可能游那么远。

不管这只狗或那只企鹅的故事有无注水，人们之所以愿意选择相信，并津津乐道，是因为我们的世界需要这些美好。一些动物身上的可贵品质，常让人类受到感染，也是我们生存所需要的。一个人，如果失去基本的道德情操，会被骂作猪狗不如，畜生!

千百年来，那些帮助他人的积极因子，从来被人们所追求，所感怀。伍子胥逃亡途中，乞食于一位浣纱姑娘。但旧时礼教害死人，姑娘施饭后，恐为舆论不容，投水而死。伍子胥血书为誓："十年之后，千金报德!"后来，伍子胥来报恩时，不知姑娘家地址，守诺将千金投入女子当年沉水处。

前几年，一则报恩的故事广为流传。浙江台州仙居人戴杏芬收留过3个身无分文的小伙，又给了每人10元钱坐车。其中一个发财后，两次送来百万支票感谢。

这些古往今来的故事，跟那只狗与企鹅一样，总让人感到温暖。不要说结草来报，也不要说来世相报，受人之助，最起码不可无情绝义，以怨报德。一颗良心喂了狼，何其令人不耻。

当然，施恩与报恩，感动的力量在于没有任何功利，完全是发自内心的善良与纯朴。若如孟尝君那样，一开始便是有目的收留他人，以养士为己所用，或以此来索求回报，这种交易毫无美感。

无论世道如何，我们还是会选择相信那只企鹅，相信人与动物身上，一定是有那些美好，也离不开这些美好。

（《楚天都市报》2016 年 3 月 19 日）

一起走过的相逢且当歌吟

第12批国家“千人计划”名单公布，入选者年轻化趋势更为明显，不但“85后”比例明显增多，而且“90后”首次出现。(中国网2016年1月3日)

江山代有人才出，“90后”也快奔三了，该露脸啦。喜人的是，这次入选的两位“90后”美女，极其优秀，据称，学霸已不足以形容，学神更为适合。比如，浙江大学的杨树，已在国际顶级期刊及会议发表论文40余篇。

邻家有女初长成，期待这些优秀人才为国增光。前几天朋友圈里有人总结，大学时我们身边肯定有一个女学霸，一个文艺男青年，一个万人迷，一个怪人，一个逃课挂科的逗货。想想还真是那么回事，生活是个万花筒，有在铁轨上放石子的熊孩子，有听话的乖乖宝。学霸令人尊敬，那些非学霸的伙伴，带给我们的另类体验同样值得感怀。每个一起走过的人，一起走过的日子，都是生命不可磨灭的印记。

就在前天，《济南时报》发文深情忆及5年来一起相伴过的离职人员，愿赠阅他们一年的报纸：无论因何天各一方，毕竟一起出过力流过汗洒过泪，岂可轻弃曾经的相守。

没有人会生活在孤岛上，即便流落荒岛，也会寻找鸟兽虫鱼为伴，人的心灵，总是需要依归。新年之际，爱楚天的小编精选了19句击中人心的歌词，相信总有一句会让人情有所思。每一首歌，都有它唱响的年代，我们一定于彼时，遇见过一个从心底走过的人，连歌声一道刻骨铭心：或是《同桌的你》，或是朋友啊朋友，也曾于《父亲》里祈愿，来生再做他的儿女；于《后来》，去追寻错过的他和她……

歌中有岁月，岁月是首歌。不一定每首歌总是那么悦耳，但总有音符让人铭记。一起走过的相逢且当歌吟，眼里或容不下沙子，且能容下一起相伴过的人，无论是学霸般的纯一，还是有着其他面目，都是命中注定的恩赐，都已深深刻进我们的年轮。就感谢这岁月的歌声，伴着我们走向人生漫漫的长途。

(《楚天都市报》2016年1月4日)

第七辑

不忘初心得民心

不忘初心，方得始终，与历史同步伐、与时代共命运的人，才能赢得光明的未来。

用改革和发展重现城市的荣光

财经作者叶檀写了一篇题为《最无前途的七个中国城市》的文章，在微信朋友圈热传，长春、沈阳等城市榜上有名，引发当地人的思考。（澎湃新闻2016年10月23日）

正如学者所言，这篇文章提到的一些问题是客观存在的，但有些问题说得比较片面和情绪化，并不科学。吉林大学经济学院副教授丁肇勇说，近一阶段，出现了唱衰东北的声音，这与东北经济增速下降有关。但这个下降一是受国际经济影响，二是处在转型升级的关口。所以，不必怀忧丧志，长春传统产业基础的优势，大量成熟的技术工人，深厚的原材料资源，以及长春的科研院所云集等等，都是希望所在。

丁肇勇以深圳为例，虽然也曾被唱衰，但是深圳最终用事实驳斥唱衰言论。只要坚持改革，假以时日，唱衰东北的言论也会不攻自破。我深以为然，同样还想以武汉为例，说明一心一意谋发展，终能守得云开见月明。

曾几何时，包括武汉在内的中部地区，也有着今天东北地区的迷茫。计划经济时代的排头兵，在改革开放中被沿海城市抛在后面，失落与失焦的情绪一度弥漫，中部塌陷论甚嚣尘上。“武汉在哪里?”问得震人肺腑。

等靠要没有出路，抢抓机遇，奋发有为，一年接着一年干，才能触底翻身。建成支点，走在前列，恢宏蓝图中，湖北重新竖立在全国经济版图上的新坐标，GDP逼近3万亿元，总量升至全国第八位，武汉也重回昔日的荣光。

10月20日，受教育部课题委托研制，由上海交通大学城市科学研究院发布的《中国都市化进程报告2016》显示，武汉排名全国城市第六；同日由华顿经济研究院发布的“中国百强城市排行榜”，武汉位居前十。这不是巧合，近年来，各项城市排名中，武汉都是稳居前列。

“武汉在哪里?”已不再是一个问题。她已在阔步迈向国家中心城市的征途上，走在文明大城与新一线城市的康庄大道上。她是令每一位市民充满幸福与自豪的名字，催动大家日夜为城市发展添砖加瓦，共享美好未来。

一切都是埋头苦干出来的。数据显示，10 年来，武汉 GDP 总量增长了近 5 倍，增幅达 387%，位居全国 33 个重点城市第三位。面对各种说法，咬定发展不放松就是最好的回应。无论长春、武汉还是其他城市，聚精会神搞发展，干自己的事，让别人排名去吧。

（《楚天都市报》2016 年 10 月 24 日）

极目楚天，一片江山图画里

拨开浩瀚的历史烟云，我们会发现，总有一些年份，一些地点，显得那么与众不同。

东经 113°41′－115°05′，北纬 29°58′－31°22′。这里是武汉。

回首过往 5 年，在这座华中重镇，从 8 条地铁齐头并进，到水铁公空交通大枢纽；从一大批重量级项目落户，到千亿产业横空出世；从六湖连通宜居宜人，到软实力魅力四射……武汉在沉寂多年之后，正迎来新一轮的脱胎换骨。

以此为辐射，18.59 万平方公里的湖北大地，也正重新改写他在中国版图上的分量与地位。

而在更为宏大的视野里，我们愿把这段不可复制的历史，放置于过往 150 余年的广阔背景中。我们蓦然发现，脚下的这片热土，正经历继 1861 年晚清汉口开埠、新中国“一五”建设以来，第三次华丽的飞跃。这种飞跃，为未来数十年奠基；而过往 5 年，就是为之谋篇的精彩章节。

作为新闻人，我们有责任记录下这些石破天惊、波澜壮阔的时刻，见证这座城市和荆楚大地的蝶变。当然，蝶变必然伴生阵痛，譬如，大建设带来的大拥堵，让每位市民都苦不堪言。然而，在可以预想得越来越清晰的未来，那些地铁穿梭、江海通达、人行水上的具象，必会让人感知，今日的阵痛，是为更长远的获益。

今起，楚天都市报推出年终系列巨献《荆楚蝶变》，回望过去，展望未来。

> 新时代的朝阳已经升起
> 行路者的歌声震动着天空
> 这个日子来到了
>
> ——泰戈尔

隆隆的建设车辇声总在耳边回响，这个城市，从来没有过这样的热闹与喧嚣。

这些繁忙交织的声音，实是一首大喷发的进行曲，一个大时代破晓的巨响：武汉与湖北，正站在一个全新的历史起点上。“两型社会”建设综合配套改革试验区、东湖国家自主创新示范区、综合交通枢纽建设试点城市，这些全局性、先导性和战略性探索的国家使命，让武汉进入前所未有的热火朝天大建设时代。

GDP 突破万亿、大东湖生态水网修复、中国车城、中国中心城市，“智慧城市”“宜居城市”，这些足额足金的核心指标和志存高远的目标，勾画出荆楚蝶变脱胎换骨的华美身影。

我们的认识终将归为一致：荆楚大地正在发生的深刻变局，其意义必将在未来的时间密码中昭然显影。

“世界正展开它所有的花瓣，这是个无尽的传奇”，大武汉的气象万千，是荆楚大地春潮叠涌的奇葩一朵

近现代史上，武汉是引领潮头的“东方芝加哥”。晚清时期的汉口开埠通商，张之洞的洋务实业，风云际会间开始了武汉的翘楚旅程。新中国之初布局的系列“武”字号，是机遇与武汉的第二次握手，成就了几十年的风光。

然而，当改革开放春潮涌起，当市场经济植入人心，曾经与沪京津比肩的大武汉，却悄然没了光彩。我们痛苦过，我们埋怨过，我们反思过，我们一直心有不甘，我们一直奋力追赶。

老工业基地，底子雄厚，调结构的任务却重；科教大省，智力富集，科技转化能力不够。发挥比较优势，构筑中部崛起重要战略支点，把“塌陷”的帽子扔到长江去，是荆楚上下的强烈诉求。

思路决定出路。“打基础、管长远”这一具有深远战略意义的大抉择带来了大转折，一批批大项目夯实着荆楚大地的深远未来。“两型”社会建设综合配套改革试验区，更让这一战略如虎添翼，武汉抢抓大发展的第三次浪潮，一个崭新的武汉跃然于世。

武汉日益绽放的骄傲和自信，浓缩着湖北的豪情和激荡。

2008 年岁末年初，国际金融危机来袭，当东部各省焦虑如何使经济状况不会变得更坏时，湖北想的却是如何“弯道超车”，举世为之瞩目。

这并非一个简单的“概念营销”，而是一项审时度势的科学决策：经过多年厚积薄发，经济能量不断释放，湖北已到达“超车”的临界点。

2008 年，湖北省委适时提出，“在继续推进武汉城市圈‘两型社会’综合配套改革试验区建设的同时，加快建设鄂西生态文化旅游圈，推进湖北长江经济带新一轮开放开发。”

这个承前启后的大战略，被誉为大开放思维下的神来之笔。

以武汉城市圈和鄂西生态文化旅游圈为两轮的“一带两圈、双轮驱动”区域发展格局，重塑湖北的经济版图，成为湖北省又好又快发展的强力引擎——

经济总量跨过万亿元台阶，经济增量由前两年的千亿元级跃升到近三年的双千亿级；汽车、钢铁、石化、电子信息、纺织、食品、装备制造等七个产业先后跨过千亿元规模；综合竞争力在中部六省位居第一。

极目楚天，一片江山图画里，年年春色倍还人！

“两圈一带”是一条巨龙，武汉城市圈则是起舞的龙头，龙头的精神，决定着跃升的高度

“1 +8”城市圈，面积不到全省 1/3，生产总值超过全省六成。而“1 +8”这个现已深入人心的名词，曾经充满新奇。

它产生于这样一个清晰的认知：一个大省，仅靠一座城市一家独大，内生增长空间有限，其发展终归难以持久。这在经济学上被称作“极化效应”。抛开晦涩的专业解释，就好比一个人大腹便便，吸收走了人体的大部分能量，他的四肢纤细无力，整个身体会极不协调。这显然不是健康的生理状态。于一地经济发展而言，亦是同理。

而从全球范围来看，“极化”现象比比皆是。所以，立意高远的“1 +8”城市圈从理念落到现实，试图破解的就是这样一个世界性发展难题。在这样一个经济圈内，武汉充当龙头，与周边八大城市共生共荣，有利于整合区域资源，完善城市功能布局，推进产业发展一体化、城乡建设一体化，带动区域齐驱共进。

更难得的历史机遇再次垂青这片土地。“两型社会”建设综合配套改革试验区，让武汉城市圈的发展上升为国家战略。这不仅为“1 +8”的发展加注了推进剂，更是国家对华中重镇的高看。

好风凭借力，鲲鹏展翅飞。投资 1. 3 万亿元的 172 个项目快马加鞭。武汉新港迈向“亿吨大港、千万标箱”，武汉至孝感、黄石、咸宁、黄冈 4 条城际铁路相继开工，“半小时铁路网”呼之欲出。

大交通带来大变局。武广高铁、合武高铁、石武高铁将武汉城市圈与沿海进行粘连，成为承接产业转移、发展区域经济的交通大动脉。“四集群六产业链两中心”因时而生：以光谷为载体的高新产业，向黄石、鄂州等地延伸；以武汉造船厂、青山造船厂为龙头的船舶产业，正积极推进资源整合、重组……

产业集群又跃升到创新集群，在创新的基础上实现资源节约与环境友好，做出循环经济的示范。

到 2012 年底，武汉城市圈预计实现生产总值 1. 1 万亿元，人均生产总值达到 3. 7 万元，比 2007 年翻一番。

至此，我们发现，武汉城市圈，承载起的实则是转型中的根本命题：实现发展方式的根本转变，实现人与自然的和谐共处。

东方欲晓，西边路上更有早行人。沪蓉西高速通车，炎帝神农故里改扩建、武当山打造太极湖新区，鄂西圈精彩不断

鄂东龙头领舞，还须鄂西龙尾呼应。就像一个人两条腿走路，若一条健硕，一条颠跛，总走不出稳健的步伐。均衡发展，随着鄂东的风生水起，显得愈发迫切。

三峡，恩施大峡谷，神农架，武当山，灵秀的鄂西人文与山水，聚集了全省 70% 以上的旅游资源，但 GDP 只有武汉城市圈的 64% 。

交通不便，信息闭塞，守着青山绿水，如何将聚宝盆内的资源变为居民荷包内的真金白银，实现鄂西与鄂东的共同富裕?

鄂西工业基础薄弱，不能走先污染后治理的老路。一个战略构想因此而生：将鄂西打造成全国乃至全球的旅游休闲度假品牌和重要旅游目的地，让旅游产生的综合效益成为支撑内生增长方式的原动力，避免对资源环境与优秀传统文化的破坏性影响，让鄂西圈成为经济发展和文明社会的创新圈。

2009 年鄂西圈启动之时，12 个重点工程敲定，总投资达 1222 亿元。60 亿元打造武当山太极湖新区，6000 多万元开建随州博物馆，炎帝神农故里景区改扩建……十漫、沪蓉西、随岳高速先后通车，神农架机场建设……

一个集旅游圈、生态圈、文化圈于一身的鄂西圈，如日东升。

《湖北长江经济带开放开发总体规划（2009－2020）》，则勾画出另一幅美好发展蓝图：将沿江区域建成引领我省经济社会发展和促进中部地区崛起的现代产业密集带、新型城镇连绵带、生态文明示范带

在沿海开创世界经济发展奇迹之后，长江经济带已成为沿海经济向内陆地区延伸的主轴，今后经济增长潜力最大的核心区域。

这是经济梯度发展的必然要求。

湖北长江经济带刚好联结两圈，起“一线串两珠”的走廊功能。“两圈”好比两个自行车轮，“一带”则是传动链；“两圈”承载着东西部发展的理想，“一带”则是挑起理想箩筐的扁担。

以长江为依托，通过带状发展，勾画出一个新时代的“清明上河图”。湖北的区域格局在这种横向展开中，将变得更加均匀饱满。

为推进长江经济带的新一轮开放开发，湖北省发展改革委已编制完成《规划》项目库，共收集项目 7883 个，总投资 7.3 万亿元。以项目带动产业，以项目启动港区、临江工业园区和临江重点城镇的建设，长江经济带开放开发的伟大构想、目标，将以一个个生动的项目来彰显。

武监高速、汉宜铁路，武汉 80 万吨乙烯、宜昌市三峡物流中心，一项项工程，构筑江汉平原综合交通网络、特色工业园区的愿景。

黄金水道上，特色经济带的理想巨轮已然起航。

“谁不愿意，城里每一个晚上，柔软得像一片湖，萤火虫和星星在睡莲丛中游动，一团团白丁香朦朦胧胧。”

一个前所未有的时代，我们正在创造。武汉“六湖连通”描绘的桨声灯影、摇橹而歌，是湖北因水而兴、建设生态文明的剪影：大东湖生态修复——梁子湖生态修复——孝感“三河连通”——长江生态文明示范带……

江城火树银花，湖北华灯璀璨。整个武汉的发展，呈现的是全省大战略图案中的一个富丽花纹。

为武汉的蝶变喝彩，为湖北的崛起击掌！

（《楚天都市报》2010 年 12 月 15 日）

东风又放花千树

——写在党的十八届三中全会开幕之际

35 年前，党的十一届三中全会召开，做出了把党和国家工作中心转移到经济建设上来，实行改革开放的历史抉择。中国迎来了一个波澜壮阔的崭新时代。

从十一届三中全会到十八届三中全会，改革开放是不变的主题词。一个又一个的春天，植下一个又一个的历史坐标，书写着一个又一个的人间奇迹。承包到户、国企改革、市场经济、科学发展……循着一路花香，每一个人都能从中感受到改革开放的神奇魅力，以及带来的巨大收益。

35 年后，又是一届三中全会，接力改革大业，擘画新的蓝图。东风又放花千树，让我们一起拥抱这一伟大的历史时刻，为我们美好的明天喝彩。

以更大勇气和智慧开启改革新航程

迈入高铁时代的中国道路，四通八达，风景壮丽。

古老的东方巨人，在世界最大规模的高铁网上高歌猛进，以强大的引擎，引领着世界经济的复苏与繁荣。

而铁路在中国的出现，是一波三折，历尽艰辛。

1865 年 8 月，英商在北京宣武门外铺设了一段“展览铁路”，“以小汽车行驶其上，其疾如飞”，时人“诧所未闻，骇为妖物”，最后被“饬令拆卸”。

1877 年，清朝花重金赎回英商经营的吴淞铁路，同样是拆毁了之，李鸿章对此长叹，“实不知其何心！”

不可思议之举，根子出在观念上，当时的官员，大多都反对铁路，认为占用农田、破坏风水，舟车挑夫将流离失所。

思想上的落后守旧与封闭顽固，导致清朝国力日衰，中华民族饱受 100

多年的屈辱。

观念影响行动，思路决定出路。回首改革开放以来，中国每一步的前行莫不与思想的解放、观念的改变息息相关。

想当初，小岗村18户农民悄悄按下“红手印”立生死状分田到户是何等的悲壮，却由此揭开了以“家庭联产承包责任制”为核心的中国农村改革的序幕；汉正街第一批103名个体户营业执照的核准，又要何等的勇气，由此也催生了市场经济走上中国经济的大舞台。

每一次打破思想上的禁锢都殊为不易。十一届三中全会几年后，改革的春风已吹拂神州，可《乡恋》这么一首优美的抒情歌，仍是一些人头脑中路线与政策的符号，面对春节晚会上的观众点播，拍板者汗都下来了。

对一首歌的接纳都如此艰难，对其他利益的调整、格局的打破、机制的再造，要破冰谈何容易。

青山遮不住，毕竟东流去，每次的一小步，终成影响深远的一大步。35年来，改革进程虽无坦途却不可逆转，人心所向中，国家势不可挡地迈向文明昌盛，以“深圳速度”奔向中华民族的伟大复兴。

解放思想是改革开放的先导。每一次改革的推动与深化，首先是思想观念上的革故鼎新，面对世情国情的变化，我们没有任何理由裹足不前，唯有以更大勇气和智慧来拓深前行的航道，以承载更多的负荷重压；也唯有以更大的勇气与责任感去深化改革，才能清除航路上的障碍，让驶向现代化的巨轮通行无阻。

“没有比人更高的山，没有比脚更长的路。”没有什么挑战是不能应对的，中国前进的每一步，都离不开攻坚克难。

我们已准备好迎接新的洗礼，历经风雨去拥抱更美的彩虹。

让每一个梦想更惬意地飞翔

阿基米德说，给我一个支点，我能撬动地球。

对每一个中国人来说，也是如此，给点阳光便会灿烂，给个杠杆便能撬动几何级增长的财富。这个支点，就是解除束缚后的自主权，让一切生产力的要素能自由配置流动，人尽其才，物尽其便，地尽其利。

35年来，所有的改革归于一宗，都是为了施以更有力的支点，“放手让一切劳动、知识、技术、管理、资本的活力竞相迸发，让一切创造社会财富的源泉充分涌流”。

家庭联产承包制让农民有了自主权，种什么怎样种自己决定，同样的土地同样的劳动力，却产出了不一样的粮食，中国人不再饿肚子，用世界 7% 的耕地养活了世界 22% 的人口。

企业有了自主权，生产什么如何销售同样自己说了算，婆婆妈妈的唠叨一少，企业的活力与潜力顿时源源释放。

打工、下海、个体户、公司，波起潮涌中，劳动力、资本、技术、信息等都流动起来，在碰撞、融合、互动中，丰富着想象，活跃着思维，激发着创造。

35 年来，在这片释放了普通人能量的土地上，精彩传奇不断上演，一个个丑小鸭变白天鹅的童话，洋溢着改革开放带来的缤纷梦幻。

事非经过不知难，经济领域每一次活力的迸发，也是不断摸着石头过河的艰难探索与不断突破。

拿今天让人感情复杂的房地产来说，1978 年 10 月 20 日，邓小平在北京视察新建的几十栋公寓住宅楼时，问可否成为商品，没人敢回答。那时的老百姓还没有听说过“房地产”这个词，只晓得自己家住的房子太挤、太小。

房改、土地招拍挂、宏观调控、烂尾楼、首付、按揭、物业、经适房、公租房，一个个热词，见证着中国人的安居梦。住房制度几经改革，虽还不完美，但毕竟，每一个城市已是鳞次栉比，我们的房间变得宽大舒适。

房地产也是其他行业的一个写照，发展中的问题要靠发展来解决，不改革不发展问题会更多，这也是改革要不断深化的原因所在。

今天，我们期待着户籍制度、社保制度、土地制度、养老制度等各项改革事业的深层次推进，也是为了解除更多的束缚，进一步给市场松绑，以放飞国强民富的梦想，放飞每一个有理想的追求。

每一个人的未来都将因改革而丰实

春华秋实，皆为民生。

改革开放 35 年也是新中国成立以来居民收入增长形势最好、群众得到实惠最多的时代。2012 年，城镇居民人均可支配收入 24565 元，比 1978 年增长 71 倍，年均增长 13.4%，扣除价格因素，年均增长 7.4%；农村居民人均纯收入 7917 元，增长 58 倍，年均增长 12.8%，扣除价格因素，年均增长 7.5%。

2006 年春节，在湖北省监利县，有位农民贴了一副春联："开天辟地头一回，农民种地不交税。"

2008 年春，监利县小学生王孝进因不用再交学杂费、书本费，托参加全国"两会"的人大代表给温家宝总理捎去一封感谢信。

两件小事，诠释着改革的题中之意，一切发展依靠人民，一切发展为了人民。

2006 年，我国全面取消农业税，广大农民走上减负增收的致富之路；此后，用于民生的财政支出逐年递增，2008 年突破万亿元，2010 年更是超出 1.6 万亿元。

免除义务教育阶段学杂费，新医改方案惠及城乡居民，许多困难家庭住上保障房，上亿农民领取养老金……

这是国力壮大的彰显，依托改革开放带来的国家财力增长，才有了这些惠民政策的底气。

这更是对改革设计初衷的实现，鼓励一部分地区、一部分人先富起来，先富带动后富，最终实现共同富裕。

随着改革开放的深化，国家明显加大了促进公平正义的力度，坚持把改善民生作为调整国民收入分配格局的重要内容，通过城市反哺乡村，沿海带动内地的方式，促进各地均衡发展。

党的十八大报告明确指出，要实现均衡发展和共同富裕，"使发展成果更多更公平惠及全体人民"，意味着不仅要更多增加民生投入，而且将更加注重收入分配公平。

十八届三中全会将研究全面深化改革问题并作出总体部署，改革的范围之广、力度之大，都将是空前的。这正是为了向十八大提出的"两个一百年"奋斗目标而努力，为实现中华民族伟大复兴的"中国梦"而奋进，事关每一个中国人的福祉。

大河有水小河满，每一个人的未来必将因改革而丰实！

将先行先试写在湖北发展的旗帜上

春江水暖，东湖先知。

湖北在35年的中国改革开放史上，多次得到历史机遇的垂青，走在时代的前列，写下一笔笔浓墨重彩的图画。

1979年，武汉市批准恢复、开放汉正街小商品市场，冲破了国营商业一统天下的格局，将市场经济推上中国经济的历史舞台；

1980年，第二汽车制造厂自筹资金开展项目建设，由此推开了湖北国营企业“扩权”试点；

原沙市作为全国第一个改革试点城市，从改革工业管理体制起步，开展用工、工资、劳动和社会等方面的改革，为全国城市综合改革提供了有益经验；

1987年，武汉首次尝试企业兼并先例，这是继扩大企业自主权、企业承包经营之后出现的“第三次企业改革浪潮”；

1992年，武昌成为小平南方谈话的第一站，武汉与湖北历史性地成为新一轮改革开放的思想发源地；

1997年党的十五大召开后，湖北创新公有制实现形式，明确提出县域经济以民营经济为主体的方针，总体上形成了以公有制为主体、多种经济成分和多种经营形式并存格局；

2007年党的十七大提出了全面建设小康社会的新要求，湖北省全面完成农村税费改革，在全国率先推行乡镇综合配套改革；

2013年7月，习近平总书记在湖北调研时强调，全面深化改革是党的十八大提出的一项战略部署，也是我们实现“两个一百年”奋斗目标必须解决好的重大问题，一定要始终把改革创新精神贯彻到治国理政各个环节，推动经济持续健康发展。

一个又一个的“第一”，湖北锐气引领时代风气，推动着一轮又一轮的开放，不断收获“试验田”的累累硕果。

近年来，荆楚大地抢抓机遇，乘势而上，发展的气场强劲，鼓舞人心。

“两圈一带”“一主两副”“一红一绿”“四基地一枢纽”等构成的一元多层次战略体系，统筹全局、勇于创新，多点发力、同频共振，重塑湖北在中国经济上的新版图。

科教兴省，中国光谷闪亮世界；转型升级，千亿元产业群千帆竞发；五位一体，“五个湖北”富民强省……

全省经济总量重返全国十强之列，湖北已成为全国行政审批事项最少的省份，武汉重返全国大城市第一方阵，鄂州城乡一体化走在全国前面，长江中游城市群进入国家战略视野……

回首处花香满径，望前路风光惹眼。

有着敢为人先优秀传统的湖北，在新一轮改革大幕的开启中，在加快构建支点的征程中，必将会有新的作为。

让我们沿着先行先试的创新大道，阔步向前！为中国梦的湖北篇，谱写华章！

（《楚天都市报》2013 年 11 月 10 日）

水润中华　不负江河万古流

——写在南水北调中线工程通水之际

2014 年 12 月 12 日下午，长 1432 公里、历时 11 年建设的南水北调中线工程正式通水。

功在当代，利在千秋，历史的坐标将永远矗立起这一天落成揭幕的治水丰碑。

沧浪之水清兮，可以濯我缨；沧浪之水浊兮，可以濯我足。

水，生命的摇篮，也是生命的伴侣。人类文明因水孕育，又因水源远流长。

在人类童年时代的记忆中，关于治水的神话故事瑰丽多彩，一部人类文明史，就是与水同频共振的激越篇章。

在古老的山西晋祠，供奉着一位水母娘娘。传说她做媳妇时，不怕回家晚了挨婆婆骂，几次将好不容易担回的水给路人饮马，又重新去挑水。好心有好报，姑娘遇上的是仙人，仙人感其良善，赐以马鞭，让她回家往水瓮里一抽，水瓮就溢满了水。后来，水瓮下流出一股清澈透明的泉水，这就是有名的难老泉，也是晋水的源头。

也常听人讲另外一个类似的故事，某地原本是有一处泉水的，因为一次过路的老人讨水喝，遭淡漠回应：冷水要人挑，热水要人烧。谁知老人是仙人，讨水未果，便施以惩罚，扯把草将泉眼堵了，泉水遂枯。

泉水的涌现与消失，都与自然环境的变迁有关，与神仙无涉。这些用心良苦的故事，不过揭示水这一上苍的馈赠所蕴含的本原之义：上善若水，当和衷共济。水，是用来生长万物，滋润生灵的。珍贵的水资源，应为世所共享，造福四方。

南水北调工程，正是遵循水利万物的题中之意，按照人类的美好愿望，将江河济世的功能最大化，更彰显甘于奉献的可贵人心、克难攻坚的精神伟力。

这是一条河的神奇分蘖。

总长1500多公里的滔滔汉江，在丹江口分流北上，经河南、河北，抵北京、天津，又奔涌出一条1400多公里的长河，犹如花开并蒂、禾抽双穗，于苍茫大地落笔一个大写的“人”字，一南一北，纵横千里，将水造福于人间的含义乘数放大。水润中华，不负江河万古流。若有水神，当欣然含笑中华儿女善解其意，延长了河流哺育的生命长度，拓展了河流济世的行善空间。

这是一曲爱的千秋奉献。

南水北调中线工程，历经50年几代人的宏伟构想，30多万移民的背井离乡，百万建设大军的艰苦奋战，包括水源输出地与输入地，移民接收地，方方面面都作出了巨大努力，作出牺牲的每一个人都是善良的水母，他们舍己为人、甘于奉献，也注定会收获神州同饮甘霖、国家繁荣富强的巨大福报。

这是马鞭引泉神话的再现。

晋祠所在地悬瓮山麓汩汩流出的晋水，当地传说是仙人所赐马鞭从水瓮里抽出，以回报好心施水的村妇。南水北调中线工程，一条人工大河平地而起，解亿万人之渴，其流经的长度与造福的区域远超晋水，可谓惊天地的大手笔大功德。科学昌明的今天，中华民族攻坚克难创造奇迹的伟力堪比神仙。汉江北去，也是一条古老大河对中华民族勤劳善良的倾情回报。勠力同心就能创造神话，有奉献就有天遂人愿的美好。

这是巧夺天工的梦想花开。

南水北调工程，不仅仅是水资源的以丰补歉，更是一条优化中国水资源配置的生命线，惠及沿线经济民生的幸福线，诠释生态文明建设的发展线，歌咏人水和谐的风情线：南水北调工程将长江、淮河、黄河、海河相互连接，构建起中国水资源“南北调配、东西互济”的新水网，为国家经济发展增添强大后劲，治污、节水、环保的观念深入人心，鸥行鹭影的河流文化风韵迷人。

每一条河，都奔涌着动人的浪花，寄托着人水共兴的情思。

南水北用，不仅是浪漫与豪迈，更透出中华儿女敢于追梦的壮志情怀与能够圆梦的惊人创造力。“蒹葭苍苍，白露为霜。所谓伊人，在水一方。”这首源自汉水的古诗，寄托着古人对美好的追求，汉江北去，则彰显我们在新时代对美好生活的向往。

有位佳人，在水一方。让我们满怀激情，为实现心中更大的梦想奔向前方。

（《楚天都市报》2014 年 12 月 13 日）

保护湖泊是城市与公民的共同天职

“四顾山光接水光，凭栏十里芰荷香。清风明月无人管，并作南楼一味凉。”这是宋代诗人黄庭坚登武昌蛇山所感，道尽江城的湖光水色，也道尽个人的坎坷悲凉。

物换星移，沧海桑田。如今，诗人笔下的景观早已不存，仅是最近的50年来，武汉就有近百个湖泊溘然消失，令人别有一番滋味在心头（《楚天都市报》2010年6月23日）。

水面日益减少的严峻现实，呼唤着保护湖泊的公民意识与政府责任，铁腕治湖，刻不容缓！

留一湖清水是政府义不容辞的天职

千湖之省，百湖之市，曾是我们引以为荣的骄傲。“最爱湖东行不足，绿荫杨里白沙堤”，脚下的城市因湖而兴，因湖而名，因湖而俯仰皆是好风如水，烟柳如画。

湖泊荡漾的不只是一汪美景与生态，更是生存与生命，是城市生机与兴废的晴雨表。

“杭州之有西湖，如人之有眉目，盖不可废也”，早在近千年前，苏轼在《乞开杭州西湖状》，向国家申请疏浚西湖时列举了五大利害：“湖狭水浅，则举城之人，复饮咸苦，其势必耗散。”小到百姓饮水、灌溉，大到城市发展、交通运输、盐酒茶等国家经济命脉所系，一一道来，并为此作了详细的完整规划。

经苏轼的治理，西湖焕然一新，浓妆淡抹总相宜，城市也身价倍增——未能抛离杭州去，一半勾留是此湖。

“西湖山水之美，藉（东坡）品题而愈盛。”湖因人兴，城因湖兴，为官一任造就这样的一个德政名传千古，堪称行为世范。

于环保而言，湖泊功用更是不可估量。大自然存在三大生态系统，海洋、森林和湿地。据称，每公顷湿地产生的价值超过 8000 美元，远超森林和土地。2009 年，国家环保部、水利部两位部长在汉表示，湖泊保护已成国家战略。

得湖独厚的武汉，保护湖泊责无旁贷。试想，如果威尼斯、周庄没有了水，会是怎样？同样，作为亲水之城的武汉，如果没有了湖泊……漠视上天的恩赐，无异于自断生路！千秋罪过，谁人担当得起？

湖泊之于我们是唇齿相依，作为一种公共资源，承载着人人有份的公共利益。保护湖泊，就是保护武汉的“龙脉”，是维护每一个人的福祉，是政府与公民义不容辞的天职，爱之深护之切的意识，当流淌于我们的血脉中。

同样的错误我们没有丝毫理由重复

著名作家刘醒龙曾说，湖泊是一个城市的浪漫性情。

“晴川历历汉阳树，芳草萋萋鹦鹉洲。”武汉曾摇曳着许多的浪漫。奈何湖多不惜，在城市的发展中，在现实的利益面前，湖泊饱受侵占污染之苦，可爱的眉目不再传情，日益黯淡。

近百个湖泊的背影悄然远去，再回首，高楼密布。一个个带“湖”的站牌地名，如罗布泊的胡杨一样，顽强矗立着不愿倒下的传说。

覆水难收，湖不再来，这是何等痛心之事。诚如苏轼所言“使杭州而无西湖，如人去其眉目，岂复为人乎？”失去了湖泊，也就失去了灵性，因湖而优的城市，陷入因湖而忧的烦恼，教训不可谓不深刻。

世界环保组织曾发出警告，人类今天对于大自然的破坏，必将在未来以数百倍、甚至更高的代价来补偿。昆明滇池治污 13 年花 46 亿元，太湖治污 16 年投资逾百亿功败垂成，就是活生生的例子。武汉为治理月湖，就有艰苦卓绝的“八年抗战”，也只是暂且换来四类水质，殊为不易。

因历史上的围湖造地和围湖养鱼，懵懂无知中，我们错过了一次次保护湖泊的良机。面对今天的违法填占，我们没有丝毫的理由再纵容姑息，而听任湖泊消逝成只有梦里才可以得见的水乡。

寸寸湖岸线是衡量保护之责的标尺

往者不可谏，来者犹可追。痛定思痛，为保护湖泊，武汉的行动不能说晚，力度也不能说小。

2002 年 2 月，《武汉市湖泊保护条例》正式颁布施行。这是我国第一部对湖泊进行全面、综合性管理的地方性法规，力保湖泊水面不受侵占，水体不受侵害，并明确了责任部门。

2005 年初，武汉市又出台了《中心城区 38 个湖泊保护规划》，明确划定湖泊保护范围，确定了分别被称作蓝线、绿线、灰线的水域保护线、绿化用地控制线、外围控制范围线。当年，3906 个“三线”控制点，全部完成勘界定桩。

这几年，武汉对湖泊保护一直有着浓烈的忧患意识，大力推进重点区域清淤、江湖连通、水生态修复等工作，已投入和拟投入的资金近 200 亿元。

但是，积重难返的填湖与排污，不仅让诸多努力见效缓慢，就是不断加大湖泊保护力度的近 10 年来，亦有 8 个湖泊消失。处罚过轻，督办函得不到执行，填湖得不到整改，老百姓因此反映强烈。

这不能不说一种悲哀。我们肯定有关部门不屈不挠的保护行动，更痛斥那些为一己之私无视法律法规的短见劣行。

有法可依，更要执法必严。保护湖泊不是打个桩、划根线就万事大吉，需要各方持续不懈的努力。如果执法不到位，规定如空文，满城湖水终将化为后悔的泪水。

治湖须先治人，既要理顺关系，打破条块分割的“九龙治水”积弊，更要强化决策力与执行力。无论是截污，还是禁止填湖，都需要严格执行法规与目标，打破边治理边污染边侵占的怪圈。

保护之责要落实在一寸寸的湖岸线上，治污的努力要净化在一滴滴的湖水上。唯其如此，仅存的湖泊才可以得享天年，城市的龙脉才可得以延续，我们方能无愧于后人的期盼。

（《楚天都市报》2010 年 6 月 24 日）

舍己救人的“梯子”精神永远值得敬仰

这是一个紧揪人心的时刻，江水冰冷，两少年不慎落水；

这是一个气壮山河的时刻，10 多名大学生如猴子捞月般“结梯”救人；

这是一个激动人心的时刻，一落水者成功获救，另一男孩正往岸边靠近；

这是一个扼腕痛心的时刻，离大功告成只有一步，人梯嘎地“断裂”；

这更是一个充满悲情的时刻，3 名大学生命殒江中，竟此永别……

10 月，24 日，荆州，长江，宝塔河江段——

时间老人在这一天，定格了一幕大忧，大喜，大悲，大恸。从来没有过一个见义勇为的壮举，让我们顷刻掺杂这么多复杂的情愫，一时都难以承载。

江水滔滔，江水呜咽，江水无语，最难将息时候，让我们先面向荆江深深地鞠上一躬，向这些大学生致以深深的敬意，向三位遇难者致以深切的哀悼。

相信在很多年很多年后，他们舍生忘死的义举，会永远激励着我们；他们的功败垂成，会永远刺痛着我们；他们的名字，也会是这个时代永远的坐标与纪念。

毋庸讳言，这是一个有点浮躁的年代，在功利面前，在物欲面前，“不会游泳该不该救人”总会成为一个话题，被讨论来讨论去。从 27 年前，大学生张华舍身救老农开始，这样的议论就没有断过，然而，更多的公众，也从来不屑于这样的讨论。因为他们懂得生命的真正可贵在于无私奉献，在于只要有百分之一的希望就要尽百分之百的努力，去创造一切皆有可能的奇迹——任何事先考虑救不救得起来、值不值的念头，都不是他们的选项。

在广东韶关，为救一少女，4 名男子遇难；在河南巩义，为救两同学，13 岁少年不幸牺牲……

27 年来，跟张华一样的勇士前赴后继，不绝于途，都只说明一点，面对危险，为了救人，从来就没有值不值的问题，只有一个生死时速的问题，或者一个方法方式的问题。就像母亲从狼口奋勇夺回孩子一样，迸发的总是让人血脉贲张的力量之美，可歌，可泣；就像袁隆平断喝“不要跟我谈身价”那样，高尚总是高尚的墓志铭，可敬，可赞。

一个孕育了见义勇为模范赵传宇的长江大学，再涌现这么一个可敬的“10·24”英雄群体，本身就是一种答案：生命无价，责任无价。他们再次用行动诠释了什么是灵魂的丰碑，他们舍己救人的“梯子”精神永远值得我们敬仰！

魂兮归来，英名长在。

（《楚天都市报》2009年10月25日）

信义兄弟[①]彰显时代风范

以信为本，秉义为先，行商立世慨而慷；上善如水，厚德如林，感天动地逝犹生。

虎年伊始，一位道德的楷模，一座时代的丰碑，一个社会的坐标，忽如一夜春风来，巍然立起于楚山汉水，名传千里，声播神州。

这就是孙家兄弟，二十年从不欠下一分钱的诚信，雪夜返乡兑现工钱的践诺，今生不欠来生债的磊落，其叶蓁蓁，其华灼灼，散发出的精神之光，比太阳还要灿烂。

一

为什么信义兄弟的事迹让我们的眼睛一遍遍湿润？

欠债还钱，天经地义，孙家兄弟只是忠实地履行了契约，为何能让我们的心弦一次次震颤？

市场经济的本质是契约经济，遵守契约是一切经济活动和经济秩序的基石，就是要“重合同，守信用”。但这最起码的经商立业乃至为人处世之本，并不是所有的人都能自觉恪守。相反，失信违约倒是大有人在，因欠薪引发的事件亦层出不穷。在此现实语境中，信义兄弟 20 年不欠民工工钱的诚信身影，显得高大可敬。

守义重诺，是中华民族几千年的文化传承，从季布千金一诺到孙家兄弟接力送薪，诚信已深植于国人的血脉中，是传统价值体系中最核心的道德因素。作为一种普世价值，诚信永远不会在时间长河中褪色。

---

① 湖北武汉黄陂孙水林兄弟俩每年都会在年前给农民工结清工钱，2009 年底哥哥孙水林为赶在年前给农民工结清工钱，在返乡途中遭遇车祸遇难。弟弟孙东林为了完成哥哥的遗愿，在大年三十前一天，将工钱送到了农民工的手中。因这一感人之举，孙水林、孙东林兄弟被称为“信义兄弟”。

费孝通曾说：“世界正进入一个全球性的战国时代，呼唤着新的孔子。”哲人深知，那些朴素的思想，在新时期一定会被赋予新的含义，焕发出新的生机。

孙家兄弟让人动容，就在于诚信的老歌唱出了新时代的内涵，承接了千年的美德，承载着现代公民社会的规范、市场经济的准则，焕发着时代的光辉，教人击节共鸣。

二

有人说，守信是应该，可市场经济，熙熙攘攘，皆为利往，谈义有必要吗?

自古以来，义与利都是相对的。利就是利益，有价值的东西；义则是对利的态度，如何分配取舍的问题。

在自给自足的农耕社会中，交换关系不足，仅以面对面的个体交往为主，信义更多的是作为修身养性，限于小圈子熟人间的信用保证。在进入物流与客流空前发达的现代商业社会后，迎来了广泛的社会交往，彼此看不见摸不着，生人社会中，个体的互信依赖于社会信用的建立，而社会信用并不是抽象的，须靠孙家兄弟这种具体的个体信用来维系。

如果说诚信在过去是一种道德考量，如今则是约束规范经济活动的制度内核，法规法律本身就是以刚性固化的形式来促使人们诚实守信。如今的“义”，也不是所谓的民间江湖义气，已升华为市场经济的伦理精髓，即在追求合理物质利益的同时，要恪守一份责任道义，当义与利相冲突时，应以义优先。

然而，我们不得不正视这样的现实：货币的拥有量，成了不少人唯一的人生追求，他们甚至不择手段地攫取财富。但实际上，好的市场经济不仅看重财富的增长，更看重财富增长的方式，对每个个体而言，就是财富的获得要合法合理合情。

孙家“兄终弟及”的大义之举，正是以更高尚的自律标准，彰显了经济活动中超越物质层面的精神内核，提升了经济交往中的道德含量，让我们感受到市场经济中的人际温情。

三

现代公民社会讲究公民的责任与义务，即在政府干预不到的地方，自觉履行对生命的尊重，对他人权利的尊重，对公共利益、公共法则与公共秩序的尊重。弟弟代亡兄履约践诺，即是体现了对农民工利益的尊重，对社会秩序的维护，自觉履行了一个公民的责任，因而可敬。

毫无疑问，这是个创富的年代，人们对物质利益表现出了极高的热情，却在不知不觉中，淡漠远离了甚至遗弃了那些曾经的崇高。财富不是生活的全部，人类终极社会的目标，就是大公无私，信义应是我们一种自觉的道德追求。信义兄弟的蓦然出现，如惊鸿照影，让我们顿悟还有更可贵的精神需求，及时而生动。

社会转型时期，在旧的价值体系已被打破，新的价值体系尚不完备时，尤其需要精神维系。信义兄弟恰如一盏明灯，在一个熟悉而又陌生的区域腾地燃起，让我们心灵一颤，眼前一亮，指引着行进的方向，让人感动，让人敬仰，让人思索。

义魄归故里，风范垂千秋。

信义兄弟的精神已然迸发出跨越时空的力量，必将震撼更多的灵魂。

（《楚天都市报》2010 年 3 月 3 日）

奋进的中国人会捅破更多的窗户纸

这次终于不再只是猜测，这次的传言终于变成了现实。

北京时间10月11日，莫言喜获诺贝尔文学奖，终于捅破了中国作家在这个奖项的窗户纸。

这也是全体中国人的骄傲与自豪。虽然这几天微博上一直在热议这种可能，但也没多少人当真，以为不过又是一次八卦，一厢情愿而已。因为近年来，每到诺贝尔奖颁奖季节，这种想象与传言就没少过，久而久之，倒成了一项娱乐话题。

当消息真的传来，当夙愿成真时，一切却又显得那么自然平静，并不让人感到意外与突兀，也并没有做梦一样的惊喜。

不仅是这几天的铺垫有了心理准备，而是崛起的中国不断创造的伟业奇迹，GDP跃居世界第二，载人航天，水下深潜，航母出海，先进战机……不断的梦想成真，一直在昭告这样的事实：当今的中国，一切奇迹都有可能，一个个的惊喜揭示着这样的魔幻与现实，你能想到的或想不到的，种种传奇，在中国波澜壮阔的征途上，已如平常一首歌，并不出人意料，并不令人吃惊。

厚积薄发的中国不断书写壮丽画卷，自会捅破更多的窗户纸。就拿诺贝尔奖来说，一次次的只差一步，已预示这一天早晚会来，发明青蒿素的屠呦呦去年就是医学奖大热门。

评论家、文化学者张颐武认为，莫言获奖也是诺贝尔委员会的一个大战略，可以看出诺贝尔委员是从全球格局和视角下考虑看待这个事情的，可以视作是诺贝尔委员会对中国崛起的肯定，是对中华文明、中国成就的肯定。

这并不是说诺贝尔奖存在势利的因素。诚如所言，中国崛起举世瞩目，中国的种种成就正获得越来越多的正视与积极评价。

这就是比诺贝尔奖更令人自豪欣喜的现实，中国的崛起势不可挡，奋进的中国人会取得越来越多的成功，众多的美好都将水到渠成，实至名归。

（《楚天都市报》2012年10月12日）

以追求卓越的精神擦亮“汉腔”名片

1985 年 3 月的一个清晨，在武汉港十五码头，微服出访的市长挨了服务员一顿骂，掀起了一场轰轰烈烈的提高服务质量的文明行动。

27 年过去，汉水横冲，大江奔流，日夜澎湃着复兴梦想的大武汉，城市面貌已今非昔比，正经历着自晚清开埠以来的第三次华丽飞跃与蝶变，向国家中心城市的目标阔步迈进。

我们自豪，我们歌唱，却因一次意外的“骂汉门”，在节日的璀璨灯火中蓦然发现，走了那么远，有些积习仍那么近。

这不能不说是一个缺憾，也令人尴尬——城市的文明还没有跟上发展的步伐，文化与软环境还没有起到先导作用。

因为“汉骂”，让人“骂汉”，一条微博引发的风波，伤在这座城市，痛在每一位市民的心头。

平心而论，不管有没有张恩源“义愤”之下的“扒粪”，“汉骂”对城市形象的损害一直存在，网上对“汉骂”的微词也从来就有，只是这次“搞大了”，遂成了新闻事件，并引来痛定思痛。

“汉骂”作为口头禅，作为一个表达情绪的符号，或无恶意，不被外地人理解却是事实。“因为武大，留在武汉；因为武汉，离开武大。”20 年前，笔者上学时的这句流行语，至今仍在流传，可见武汉热辣的一面让人难以消受。

武汉方言当然是有魅力的，作为宝贵的文化遗产，要继承，要发扬，但也要去粗取精，去伪存真。

因为善于接受新事物、适应时代要求的文化，才是更有利于发展的文化。汉腔汉调作为一种文化，只有进行与时俱进的优化，为现实的发展服务，才能焕发出时代的光辉。

对一些不雅之语，显然应该摒弃，并注入时代的先进元素，这样，汉腔自会更加生动。

语言是一座城市的窗口与名片。以“汉骂”为耻，以“汉敬”为荣，时刻注意用语文明，也是营造有利发展的良好氛围、打造投资软环境的重要一面。

包容和谐，历来是武汉城市精神的表征。“货到汉口活”，融汇东西南北，谁都能在这座城市找到生活的位置，这就是武汉的包容、胸襟与气度。“道吾恶者是吾师”，这包容要体现在对方言的扬弃上，体现在对“骂汉门”的反思上，以此进行深刻的文化自省，清醒地认识到不足与缺陷。“好言一句三冬暖”，提升武汉的城市文明，助推跨越式发展，离不开敬人爱人的语言美，以凝聚各方力量一起干事创业。

让我们以追求卓越的城市精神，擦亮“汉腔”名片，以反映文明新风、展示武汉变化的文明用语，让汉腔汉调更卓越，让本地人从中尝出一种情感保留，让外地人尝出一种情感传递，让我们的城市形象更加温暖可亲。

（《楚天都市报》2012 年 2 月 2 日）

让每一个出发都从良知启程

又是一个春天，大地回阳，人世祥和。

一元复始之际，我们总是心生欢喜，希望万象更新，一切有个好的转机。

每一个春天都令人欣然，只因带来了一个重新开始的机会，不管过往的日子是丰歉还是悲喜，都可将这一页翻转过去，换一张白纸来挥毫。但即便胸有成竹，图画也不会因畅想而跃然于纸，仍要靠一笔笔屏气凝神的描绘。

每一年的收成都不会来自祝福，而源于这个春天开始的俯首耕耘，每一天都须脚踏实地，应时而动，勤勉不懈，才能将美好的愿望播撒于宽厚的大地，迎来夏长秋收。

在这个春天，我们又一次启程，对这样的一个出发当倍加珍惜，因为不是谁都能等到新的春回人间。感谢那些曾经燃烧生命给力我们走过一年又一年的人们，在春草萌生的时候，请向青草丛中长眠的他们致以深切怀念，每一个春天，依然散发着他们的芬芳。

在这个春天，我们满怀梦想，背负期望，在行进之前，且找准一个出发的原点，这对一年的行程尤为重要。

我们反对浪费，不事奢华，是对我们劳动果实的珍惜，回到勤俭朴素的耕种本原。因为一代代人的艰苦，才有了今天的丰裕，但我们没有挥霍的资本，我们仍须为明天储积，为子孙储积，为那些仍身处贫困的人群施以援助。

官员亲民，权力节制，反对腐败，是对责任与信任的珍惜，回到权力来源的本原。因为一代代先贤的无私奉献，鞠躬尽瘁，才有了今天的辉煌，没有谁可以背离宗旨与许下的承诺。

在这个春天，我们向家人挥别，踏上外出的征途，在回首的依依中，每一个人都应心有所动，无论我们身处一个怎样的社会角色，都有着一个共同的身份，或为人子女，或为人父母。

在这个春天，不妨细细端详每一个人的面容，回到人这一社会关系的本原，尤其是那些身处社会管理者岗位的人们，看一看被管理的对象，与你们的家人有何不同。

北京在春节期间，数百万外地人员返乡过年，包括那些农民工与摊贩，城里的人忽然感到少了什么。是的，没有底层谋生人员的随时听差，生活并不会更美好，有什么需要都找不到人。而广东惠州一老板扔出100多万张1角钱的毛票打发讨薪的农民工，体现出的傲慢与无知，令人目瞪口呆。且记住这样的一张嘴脸，请断然拒绝为这样的老板效劳。

在这个春天，你出门时告别了谁，你回家时面对谁，你眼前的各色人等，就是那些从家中告别并等着回家的谁谁谁。无论他们怎么草根或卑微，除了进出的居所不一，对梦想的追寻对家庭的承载跟你的家人并无二致。

以人为本，就须正视每一个社会成员的尊严与诉求，以你对家人的同理心去对身边为你劳作的对象亲切以待，没有谁的尊荣可以建立在别人的无端牺牲上，每一个付出都应获得回报。

我们不应相互伤害，没有什么作奸犯科能够瞒天过海，漫天的雾霾与不期而至的垮桥总在露出孔雀开屏后面的不堪，没有谁能暗自得意或是置身灾厄之外。

为了梦想，我们每一天都要只争朝夕，不要等到严寒来袭才想起庇以温暖，不要等到生命遽逝才想起安全保障，不要让失去房屋者再失去栖所，不要让失去河流者再失去空气，不要让失去公平者再失去补偿。

在这个春天，让我们重新播下一些纯粹，重温一些准则，让每一个出发都从良知启程，让干事创业回到积德造福的逻辑起点：桥都坚固，食品都安全，矿井有救生，民情有关切，污染不乱排，执法不乱来……有了相互尊重，这一年也会风调雨顺得多。

在这个春天，让公平正义随着春阳一起温暖人心，让正能量随着万物的复苏而生长，愿每一个人都得遂所愿。

（《楚天都市报》2013年2月16日）

国家温暖会抚过更多民众的脸庞

入学就业不再检测乙肝五项，养老保险实现全国漫游，拆迁费有望按市场价补偿……

武汉居民收入增加近10%，两年内湖北全省40多万户居民将告别住房难，武广高铁开通运营……

这是我们聆听到的2009年最后几天的足音，如阳光下一只盛满愿望之水的金盆，刚好映现出这一年走过的身影：惠民政策于静水深流中悄然频出，底层民众多年的心想终于事成，更高的期许已进入政府的民生议程。

不像2008年经历那么多的大悲大喜，这一年的日子平凡而伟大，虽有国际金融海啸与甲流疫情的袭扰，也就像一场感冒，让我们有过暂时的不适后，在应对有方中安然克服，同时令世界惊奇地发现，“中国模式”的肌体原来是那么的健康，“抗病”的能力举世瞩目。

一切在预见之下在掌控中努力向前，大国的脚步铿锵矫健，中国工人的贡献令世界肃然起敬。“正是这些男男女女，他们过去的奋斗、现在的思考以及对未来的看法，引领着世界经济走向复苏之路。”“中国工人”登上2009年《时代》年度人物榜，《时代》杂志如此评价中国工人的贡献。于共和国60周年大典的绚丽礼花中，“中国道路”上已然可见中华民族实现伟大复兴的宏图。

诚然，这一年也有些事令人揪心：躲猫猫悲剧、钓鱼执法、官员雷语等，虽然在舆论反反复复的追问下，挤牙膏式弄出一点点真相，但最终圆满的处理结果，见证了公民力量的成长，见证了公共利益的维护，也见证了政府对民情民意的倾听与吸纳，折射的是喷薄而出的希望。

生活需要希望。乐观者看到花，悲观者看到刺。这是一个各种诉求竞相释放的时代，也是各种矛盾交织的时代，恰恰是多元化社会的开放象征。瑕不掩瑜，刺不压花。治理醉驾，同命同价，是看得见的人权保障；荆州“10·24”大学生英雄救人群体、暴走妈妈，感动的力量才是主流。

2009 年摘掉了乙肝歧视的帽子，对暴力拆迁断然说不。我们终究盼来应得的公平，未来总是值得期待。

收入能不能真增长？房价能不能降下来？看病贵就业难会否切实解决？回望 2009 年国家对一个个承诺的兑现，我们有理由相信在 2010 年，国家温暖的手会抚过更多民众的脸庞，这样的梦想当然可以成真。

带着祝福进入新年，“让我们一起继续打拼！”洒过汗水的家园，一定有桃花朵朵开。

（《楚天都市报》2010 年 1 月 1 日）

以顽强抱团的蚁行默默打拼

过完春节，大家虎啸一声各就各位，踏上新的征程。

车站码头的客流如蚁聚蜂屯，是年年岁岁上班集结号下的不变盛景。

虎年前夕，中国社科院教授陆学艺指出，我国正迎来中产阶层大发展的黄金时期，蚁族是中产后备军（《中国青年报》2010 年 2 月 11 日）。蚁族的前途是光明的，都希望新年虎虎生威，愿景的实现就从这蚁聚蚁散开始吧。

蚁族是 2009 年的热词，在我看来，蚁族并非某个低收入聚居群体的特指，作为一介劳动者，无论白领蓝领抑或金领，都是一群辛勤忙碌的蚂蚁，为生存发展奔波的各阶层人士，都是光荣的“蚁民”。

“蚁民”不等于渺小卑微，也不是一个当然的悲情符号，蚁族其实是强大力量的象征。在这个世界上，蚂蚁如蜜蜂，看似弱小却是最勤劳勇敢最让人震撼的物类种群，其以小搏大的精神所创造出的奇迹既壮观又激越。

万丈高楼平地起，虎年之行，且始于牛年热议的蚁下之路。

像先驱蝼蚁一样拓荒创业。陆教授说，时下整个社会的职业日趋高级化，公司越来越多。“新办一个公司，一批中产就出来了。”以蚁族自居，就要像蚂蚁一样敢作先驱，抢抓机遇，筚路蓝缕，发奋图强。

像蚂蚁啃骨头一样攻坚克难。2009 年最动人的风景，就是中国顺利实现“保八”，带领世界经济走向复苏。奇迹的创造者——中国工人因勤劳坚韧立下盖世之功而荣登《时代》周刊封面。应对国际金融危机，离不开蚂蚁啃骨头的实干苦干。以蚁族自居，就要勇于攻坚克难，不论在哪个角落，都能写下神奇。

像蚂蚁搬家一样团结拼搏。蚂蚁搬家，成群结队，前后相扶，绵延不绝。我们在孩提时代，常为此驻足发呆。这种抱团前行的精神，是蚁族构建童话宫殿的基石。

“房子买不起，看病又要钱，国外一样有这些问题，哪能一步登天！”蚁族就是生产力，是催人进取的音符，而非自怨自艾的呓语。

换湿袜的环卫工走红网络，被称为虎年伊始最值得尊敬的人。这跟网上的众多“最美”一样，表达的是对蚂蚁一样爱岗敬业者的褒扬。

生活源于底层劳动者的创造，虎年之威，不在坐拥权力金钱，而在于千万蝼蚁的奉献进取。

做一只默默打拼的蚁族，就是在向未来虎跃龙腾。

（红网 2010 年 2 月 20 日）

仰望2012，梦想依然会照样升起

亲，传说中的2012年终于来了。

时光流转，每一个日子，期不期待，它总在那里，等着你，或悲或喜。

这一年，因为一部同名灾难影片的渲染而显得特别，其实，跟每一次迎来的新年一样，2012年并没有什么不同，同样需要满怀憧憬与梦想，为每一天耕耘与祝福，而不必去揣有多余的不安。

世界风云变幻，在一个眼花缭乱的年代，在社会转型期，未来的不确定性，难免会让人迷茫、焦虑、疑惑。

这是人类与生俱来的忧患意识，祖先在面对洪水、猛兽的外部威胁，就一直诚惶诚恐、戒慎戒惧。

也因此学会了抱团群居与集体劳动，以聚合的力量去迎击挑战，在砥砺中逆风飞扬，创造出日益灿烂的文明。

这个星球确实还有太多的隐忧，环境污染、贫困、饥饿、天灾、人祸，常令人一声叹息，但每一个时期都有每一个时期的苦难，也有每一个时期的欢颜。

正如春夏秋冬会轮番上阵，香草鲜花与风霜雨雪总是迭次交加，你无法逃避，唯有坦然面对冷暖炎凉，以智慧去逢凶化吉，择善而从。

毫无疑问，科学早已告诉我们，2012年不会有来自太空的无妄灾厄，所谓大劫难纯属杞人忧天。

但可以预见，2012年会有一些现实困难，国际金融危机深层次影响仍在发酵，世界经济复苏的不稳定性上升。

这也并非不可逾越，中国经济发展的优势没变，30余年改革开放打下的物质、技术和体制基础，足以应对任何挑战。

2011年，湖北经济在调结构、控通胀中实现了平稳较快增长，主要经济指标增幅领先中部、好于全国，为全面实现跨越式发展目标奠定了坚实基础。

对未来的担忧既显多余，安心回到田间、聚焦沃野，仰望天空才依然会是星光无限，月明天清。

风雨之后是彩虹，新的一年，我们需要的是“hold”住，以稳中求进的姿态向更高更远的目标前行。

如果非要说“2012”有何特殊含义，这个词就是：爱你，要爱。

爱了还要爱，这也是2011年留给我们的宝贵财富，无论是接抱坠楼女童的“最美妈妈”、三次人工呼吸救下路人的“最美护士”，还是车流中抱起小悦悦的拾荒阿婆、躬耕陇亩甘于奉献的“棉花奶奶”，以女性的本能母爱与柔软善良，放送出最温暖的年度力量。

减个税了，涨工资了，调福利了，盖保障房了，2011年，国家同样赋予人民很多的关怀。

没有什么比爱更能直达人心，2012年，我们仍须一如既往，以慈悲为怀十指相扣再写佳话再创辉煌。

世界从来不是一夕能够改变，任何突然耀眼的光芒，早已一点一滴的蓄蕴已久。

要想从明天起成为一个幸福的人，从今天起就要彼此珍惜。

承接2011年的感动，让我们对家人对朋友多一点怜爱，相互牵挂相携相扶。人生无常，世事难料，不要等遗憾来了才怅然，不要等夜幕降临才上路，世界再大，梦想再远，只有亲人是可以随时安眠的归宿。

让我们对工作对事业多一点热爱，共同成长共享发展成果。无论是雇人还是受雇于人，同一口锅吃饭，彼此的荣辱，早已息息相关，除了同舟共济，别无选择。我们需要激情满怀，更需要彼此爱护，尊重每一个奔波的生命。

让我们对国家对人民多一点大爱，在助人中自助，在付出中享受。公益即私利，为他人给力，也是为自己积累福报。天变地变，唯有善心是永远强大的力量。

“2012”，有你有爱，新的一年，憧憬与梦想依然会在天空升起。

祝每一个人的明天更美好。

（《楚天都市报》2012年1月1日）

以贴近民心的努力催动龙腾虎跃

带着新春的祝福，我们又一次上路。每一年，我们都有所期待，有所祈求；每一年，也都会有些改变，甚至是无可避免的改变。

“从飞机上鸟瞰除夕之夜蔚为壮观，中国不事铺张地庆祝龙年到来。”

“21 世纪属于中国，中国全力以赴地迎接 2000 年。”

“中国在龙年需要解决的事情不少，但中国经济的增长速度仍然领跑全球，中国将继续供养西方。”

这是 1988 年、2000 年、2012 年，每一个龙年之际的外电有关报道，只需片言只语足以窥见中国日益走向繁荣富强的飒爽英姿，以及越来越坚定的自信从容。

中国经济的波澜壮阔，每一个人都感同身受，每一个角落都从中分享到发展成果，共享国力强大的荣光。时光能成就许多伟业，也会淹没那些打夯的身影，众多的改变让人欣喜，有些改变则让人黯然。

1988 年，母亲还在教我过年的礼数，到 2012 年，父亲也已随她而去，长伴的是那块奔跑呼号过的土地以及一路相濡以沫的父老兄弟。面对新的龙年，无法忘怀我们的父辈曾经龙腾虎跃的意气风发，他们以超常的耐力与爆发力，创造出共和国的诸多奇迹，无论他们当年是众所瞩目的劳动模范还是一颗螺丝钉般的默默无闻，无论今天是在祥和中安度晚年还是已溘然长逝，我们都该俯首虔诚地深深致敬，感谢他们牺牲付出所奠定的基础。他们走过的每一串足迹都值得珍惜，因为有些消失永远不会再来，你看那童年的石桥还在，童年的田野还在，童年与童年的亲人都已经不在。

不是每一个存在都需要去改变，包括先人的印记，包括河流山川，包括文化传承，我们须以谦卑敬畏之心，留一方天地付与子孙，在打下每一根桩基、拆掉每一处楼房、削掉每一座山体、填平每一处湖海时，我们都须三思而行，是否对得起栖息千年的家园。

这是一个大干快上的年代，跨越式发展的口号到处震天响，习惯于对各项指标的专注追逐，常让人忽略了数字之外的意义，而无论是聚沙成塔，还是万丈高楼起平地，沧海桑田的任何变迁，都需要内心的夯实与精神的崇高来相得益彰，以求得灵魂的安宁与物业的恒久。GDP 政绩固然重要，城堡的烟花固然耀眼，经济的升腾若不能带动心灵的升华，任何琼楼玉宇的金碧辉煌都将失去应有的效用。

十二生肖如轮盘流转，每一年都要憧憬好运，也要避祸祈福，除了奋力书写宏大的国家叙事，还须更多地观照民众细微的内心。小悦悦事件也好，郭美美事件也好，乃至一些惊天案件与激奋的群体性事件，我们叹息担忧的，其实都与人心的隔膜与方向有关。

所有外在物质的改变提升，原本在于顺应民心深处的需求、引领民众新的梦想。唯有贴近民心的改变才能开启未来，才不会显得苍白；唯有心灵的崇本务实才能保证桥都坚固、路都坚硬，才能保证牛奶是放心的、矿井是安全的、慈善是不会霉变的。因此，正视民之所欲所盼所思所困，带着责任和感情听取诉求，理顺那些有碍前行的牵牵绊绊，将问题、矛盾及时疏导化解，防止小怨小忿诱发大动荡，跟架桥修路一样，同样是功德无量的事。

有内心的龙马精神才有身姿的龙腾虎跃，心气顺就是生产力，心气顺就是驶向国强民富的和谐号动车。龙年充满着活力与希望，我们矢志创造更辉煌的业绩，也不妨一起呵护彼此的心灵，更加关注民生，关注底层窃窃私语的有关看病、住房、养老的各种痛痒，在相互关爱中建设精神高地，以文明的力量奔向更高更远。

（《中国青年报》2012 年 1 月 31 日）

多一点倾听有利中国前行

1 月 25 日，中共中央总书记习近平在人民大会堂会见日本公明党党首山口那津男，并接下他转交的日本首相安倍晋三的亲笔信。（新华社 2013 年 1 月 25 日电）

原则问题我们绝不会退让，但处理方式可以灵活多样，“有理，有利，有节”一向是我们处理外交争端的原则。所以，不管安倍晋三的葫芦里要卖什么药，我们亦可听其言并观其行，姑且看看他的一封信捎来了什么，有没有诚意，是不是要花招，都可立此存照。接下安倍的信，不会有多少实质损失。

与此同时，美国学者傅高义也表示中日应该恢复交流。83 岁的傅高义对中国问题的观察和写作持续了近 50 年，对中国始终保持着友好和善意。他说，本来日本的右派没有那么强的，但是中国批评得这么厉害，右派就变得更强了。(《新京报》2013 年 1 月 26 日)

对日本右翼我们当保持高度警惕，但不管傅高义说的有无道理，我们也不妨一听，作为参考。不仅是中日关系，其他问题上，对外界的建议我们都可多一点倾听。兼听则明，多听不同的声音，为认识与判断决策提供参考，不会有害处。

近年来，中国发展很快，民族自豪感也大增，我们以世界谛听中国前行的脚步声为荣，比较注意向世界传递中国的声音。对于提升软实力，塑造大国形象而言，向世界发声是必需的，同时，仍可继续保持倾听。当前，国内各种利益交织、矛盾多发、改革进入攻坚克难的深水区，国际形势错综复杂，对内多倾听人民群众的声音与诉求，对外多倾听世界各方的看法与建议，以使认识更全面更深刻，不会有错。

《参考消息》几十年来一直有个栏目，叫作“问题与建议”，长期选登国际人士对中国发展的一些看法，给国人打开了一个窗口。不管外国人的观察与感受准不准确，至少提供了一个视角，有些也不乏先见之明与真知灼见。

斯人已去，风范长存。他们的离去，“意味的不是消失，而是播下一串种子，萌发更多的新苗”。

感谢阿福，感谢温世仁。在纪念他们的同时，且承接他们身上的报国情怀，让无数新苗在土地上萌发，给贫困的人们带来希望。

（国际在线2010年4月21日）